«PANDORA»

Della stessa autrice
(anche in ebook)

L'amore addosso
Uomini che restano
Andiamo a vedere il giorno

26 gennaio 2018

SARA RATTARO

LA GIUSTA DISTANZA

Sperling & Kupfer

Pubblicato per

Sperling & Kupfer

da Mondadori Libri S.p.A.

LA GIUSTA DISTANZA

ISBN 978-88-200-6852-3

I Edizione gennaio 2020

Anno 2020-2021-2022 – Edizione 1 2 3 4 5 6 7 8 9 10

Non chiedere la strada a chi già la conosce,
ma a chi, come te, la cerca.

EDMOND JABÈS

In matematica, per definire la distanza dobbiamo sapere quanto misura la lontananza tra due punti. In una relazione umana, la distanza è il più breve percorso intrapreso da due persone per incontrarsi.

Se avessi tenuto gli occhi chiusi, la testa appoggiata al sedile, mi fossi perso tra i miei pensieri o avessi lottato con la mia rabbia, non l'avrei vista. E invece la stavo guardando. Per caso, per noia.

La hostess ha riattaccato la cornetta del ricevitore collegato con la cabina di pilotaggio, lentamente. Troppo lentamente. Ha appoggiato una mano contro la parete che aveva di fronte come se avesse bisogno di decomprimere, poi l'altra sulla bocca, a contenere la paura.

Mi sono irrigidito e allungato in avanti. Avrei voluto richiamare la sua attenzione, mentre la cintura di sicurezza mi riportava al mio posto.

Lei ha tirato la tenda che la separava dai passeggeri. Il segnale di allacciare le cinture di sicurezza si è illuminato e la sua voce ci ha chiesto di tornare immediatamente ai nostri posti.

Io mi guardavo intorno per cercare altri occhi preoccupati come i miei. Non ce n'erano. Qualcuno fissava il buio fuori, qualcuno dormiva, altri leggevano.

L'aereo ha iniziato a tremare. Ho stretto il bracciolo e ho respirato. Non poteva essere qualcosa di grave. Forse le avevano comunicato che una volta atterrata avrebbe dovuto risalire subito su un altro volo e magari lei aveva altri piani. Forse era incinta e quella mano sulla bocca voleva solo aiutarla a frenare la nausea. O forse sono soltanto un paranoico che ha preso un volo per scappare da qualcosa di importante che però non riesce più a essere spiegato in modo semplice. Forse sono soltanto un uomo che ha paura di muovere anche solo un dito e pensa sempre che, se riuscirà a restare immobile, anche questa volta, tutto andrà bene.

Poi, però, è stato come precipitare.

Credo non esista nessuno che non si sia chiesto come faccia una cosa molto più pesante dell'aria a staccarsi da terra e a sfidare la fisica in uno dei suoi fondamenti base. E lì, a non so ormai quanti metri d'altezza, in barba alla mia laurea scientifica e alla conoscenza chiara che per alzarci in cielo abbiamo semplicemente opposto una forza uguale ma contraria formatasi sulle ali grazie alla velocità della fase di rollaggio, lì, dicevo, ho perso la ragione.

Quando si ha paura, paura di morire, non si pensa che alla vita. Mi sentivo solo, su quell'aereo che non aveva più un posto libero. Ed è stato normale cercare un contatto. Fosse anche nell'ultimo istante. Un conforto lieve e necessario prima di avvertire i suoni allarmanti provenire dalla cabina di pilotaggio e sentire le valigie anticipare quello che di lì a poco, forse, sarebbe accaduto a noi. Le grida si sono fatte strazianti e la paura ha preso forma, sembianze e odore in egual misura per tutti. Siamo scesi di nuovo. Lunghi secondi senza controllo. Le maschere dell'ossigeno sono esplose nello spazio davanti a noi ed è stato allora che ho stretto la mano bianca e gelata accanto alla mia. Prima di quel momento non mi ero mai reso conto di quanto fosse fragile la vita, di come bastasse una distrazione, un evento avverso o solo una corrente contraria per vederla rompersi o cadere nel vuoto.

Non abbiamo trovato il coraggio di dirci nulla o forse non ne abbiamo avuto la forza. Ci siamo guardati e, in silenzio, abbiamo accettato quello scampolo di destino beffardo che avevamo ancora davanti.

Respira, respira.

Ecco cosa si prova mentre credi che stia tutto per finire. Non reagisci. Trattieni il fiato, immobilizzi braccia e gambe e chiudi gli occhi sperando che il tuo cuore si spenga prima di iniziare a sanguinare. Ma, se potessi avere anche solo un briciolo di lucidità, ti strapperesti la maschera dal volto per urlare al mondo che tu, quell'aereo, non lo volevi prendere per andartene da lei, dalla donna che ami.

A volte un gesto inconsulto può avere conseguenze indicibili.

«La signora dorme con me!» ho detto afferrando di nuovo quella mano.

Tremavamo ancora mentre la receptionist ci chiedeva i documenti per assegnarci le stanze. Procedura di assistenza ai passeggeri dopo un atterraggio d'emergenza. O ti trovano un volo che ti riporti a destinazione subito, o un hotel dove passare la notte.

Lei si è voltata verso di me e, come se non mi avesse mai visto prima, con gli occhi ancora acquosi di paura, ha annuito.

Poche ore prima, ci eravamo stretti l'una all'altro mentre pensavamo che sarebbe finita lì e respiravamo affannati dentro la maschera dell'ossigeno. Lei e io. Poi, quella botta, un urto che rimette a posto il cuore e la reazione incontrollata di un corpo umano quando la sua fisiologia ha la meglio sulla volontà.

Ci è voluto tempo per tornare a muoverci.

Mi sono voltato a guardarla. Tenevo ancora la sua mano nella mia. Il suo sguardo era fisso sul sedile davanti, forse anche lei aveva pregato per strappare ancora un minuto di vita e poter mettere a posto le cose. Quando si è voltata verso di me, è scoppiata a piangere tra le mie braccia.

La reazione più umana.

Qualcuno ci ha aiutati a scendere dall'aereo. Di quei momenti ricordo due cose: il freddo che avvertivo nonostante le coperte che ci avevano messo addosso, come se in quella notte d'inverno fosse calato un gelo penetrante, e la paura di lasciare quella mano di donna, quasi che, facendolo, potessi ricominciare a precipitare.

La pista era invasa dai mezzi di soccorso. Un'ambulanza ha caricato una passeggera e l'ha portata via. Si era spaventata così tanto che il suo cuore aveva iniziato a impazzire prima di lei.

La compagnia aerea ci ha scortati in una grande stanza dove avremmo potuto recuperare i nostri bagagli e scoprire cosa ne sarebbe stato della nostra notte.

Tutti erano al telefono, tranne noi due. Tutti avevano qualcuno da chiamare. Io, invece, non riuscivo a lasciarle la mano. Ci eravamo abbracciati per tutto il tempo e ora sembravamo incapaci di staccarci.

Le voci si affollavano sopra le nostre teste, mille modi diversi per raccontare la paura, quella vera, di non essere più qui.

I pullman ci hanno condotti in hotel e io e la mia compagna di viaggio siamo rimasti vicini.

Abbiamo chiesto una sola stanza. Lei mi ha guardato mentre le toglievo il documento dalle dita come se fosse una bambola incapace di reagire. Mi ha lasciato fare e io ho ringraziato che fosse lì con me. Poi, come può fare solo un uomo quando sa quello che vuole, le ho afferrato di nuovo la mano e l'ho trascinata in ascensore. Quella notte, sarebbe stata la nostra notte.

La paura di volare può coglierti anche dopo l'atterraggio.

«Potevamo morire... Queste ore sono un regalo!» le ho sussurrato mentre toccavo il suo corpo sotto i vestiti.

L'ho avvertita avvicinarsi, il suo calore ha iniziato a invadermi. Ho chiuso gli occhi e ho lasciato spazio ai baci, alle labbra che si cercano e ai brividi sulla pelle.

C'era qualcosa di animalesco e improvviso che stava esplodendo tra noi. Abbiamo attraversato il corridoio di corsa. Lei ha tentato di infilare la chiave magnetica con la mano sinistra, ma non è riuscita a far scattare la serratura. Ci ho provato io, mentre le sue dita mi accarezzavano la schiena e poi il collo.

Quando siamo entrati dentro, tutto è caduto a terra. Le nostre borse, la mia camicia e la sua gonna. Ci accettavamo senza parlare o chiedere il permesso. C'era qualcosa di tenero nella brutalità di tutto quel desiderio. Eravamo due sopravvissuti, lo eravamo davvero, e ora avevamo fame. Non importava cosa ci fosse oltre quella porta, le nostre vite e tutto quello che eravamo stati fino a quell'istante. Contava solo che quel momento aveva rischiato di non esserci, e così anche i successivi, e questo ci faceva sentire ancora più accesi, l'uno sull'altra, a dirci che la vita era questa usando solo le mani, le labbra e la pelle. Se avessimo parlato, ci saremmo fatti soltanto delle domande. Poi, tutto è diventato lento, calmo, crescente. Il piacere è arrivato senza premura, senza sottomissione. Si è lasciata guardare nuda, stravolta, ansimante e consapevole di non essere mai stata così sincera. L'ho osservata alzare la testa e spalancare gli occhi. La stanza era ormai invasa dalla notte più buia ed era impossibile capire che forma avesse. Era uno spazio incalcolabile. Poteva essere immenso, oppure limitarsi a ciò che ci circondava.

Ci siamo parlati senza utilizzare un solo vocabolo, ci siamo amati senza ricatti, ci siamo offerti senza interpretare un ruolo. Era come se percepissi per la prima volta di non essere più solo un uomo sposato che omaggiava il dono della vita in una anonima stanza d'hotel.

Provarci e sperare di riuscire sono i doni migliori che possiamo fare alla nostra vita.

Siamo rimasti abbracciati a lungo a proteggerci dal freddo; nel silenzio della camera il suo respiro era una melodia da cui lasciarmi cullare. Un paio d'ore dopo, o poco più, un sussulto momentaneo ci ha svegliati, forse la stessa paura di precipitare era ancora lì, incastrata in qualche angolo del nostro cervello. Qualcosa mi ha sfiorato il braccio, un tocco talmente leggero che quasi non l'ho avvertito. Una mosca, ho pensato, o un lembo di stoffa. Invece, quando ho aperto gli occhi, c'era ancora lei e di nuovo quel desiderio di vita ci ha attorcigliati alle lenzuola, come se persino il sonno avesse il potere di farci sentire vivi.

L'alba, infine, ci ha svegliati. Ci siamo mossi piano come per trattenere ancora un po' quella tenerezza che avevamo deformato più volte durante la notte.

Abbiamo giocato sotto la doccia come due adolescenti, abbiamo usato i nostri corpi per continuare ad amarci e lasciato scivolare via la paura della morte insieme alla schiuma del sapone che si accumulava ai nostri piedi. Un soffio di vita ci aveva accarezzati ed era stata una sensazione dolcissima, di quelle da custodire per sempre nel centro dell'anima.

Poi, c'è stato solo il tempo per un caffè ed eravamo di nuovo in aeroporto.

L'imbarco aspettava ancora noi e le nostre vite da vivere.

I sentimenti ritornano, come le tempeste.

Aurora

Avevo conosciuto Luca il giorno in cui avevano operato mia madre per la prima volta. Era rimasta due settimane in ospedale. Io mi sedevo ogni pomeriggio nella sua stanza a studiare. Finché, un giorno, decisi di fare due passi.

Entrai nella caffetteria. Afferrai uno yogurt e una mela e infilai un bicchiere sotto l'erogatore dell'acqua. Fu lì che visualizzai per la prima volta la mia vita senza di lei. Per la prima volta mi immaginai sola.

«Hai deciso di crescere?» mi chiese un ragazzo, ridendo. Mi destai dai miei pensieri e mi accorsi che l'acqua stava traboccando dal bicchiere e aveva iniziato a bagnarmi le scarpe.

«Che disastro!» esclamai senza guardarlo.

«Se smetti di annaffiarti, provo a darti una mano.»

Afferrò dei tovaglioli dal bancone del bar e cercò di arginare il danno sotto lo sguardo di disapprovazione della cassiera.

«Grazie...» mormorai con la voce che sembrava piena di graffi.

Lui mi sorrise. Prese il mio vasetto di yogurt e la mela e li appoggiò sul suo vassoio.

«Vieni», mi disse.

Ci sedemmo a un tavolo.

«Mi hai offerto il pranzo...» osservai, imbarazzata.

«Uno yogurt e una mela non mi sembrano proprio un pasto, ma noi uomini abbiamo una visione dell'alimentazione che con quella di voi donne non ha nulla a che fare...» commentò addentando un panino alla mortadella.

«Come mai qui?» mi domandò dopo aver deglutito.

«Operano mia madre. E tu?»

«Anche la mia...»

Feci un sospiro e accennai a qualche dettaglio sul calvario che stavamo vivendo; forse lasciai trapelare anche un filo di speranza, perché lui non mi interruppe mai.

«Comunque io sono Luca.»

«Aurora.»

Ci stringemmo la mano e ci salutammo augurandoci buona fortuna e altre formule di circostanza per le nostre madri.

Il giorno dopo lo rincontrai. Non mi sembrò strano. Io ero andata a scuola e poi mi ero precipitata in ospedale. Ci salutammo e mi lasciai offrire un caffè. Così accadde anche il giorno successivo, e quello dopo ancora. Luca compariva nel corridoio e mi invitava a fare due passi.

Parlare con lui diventava ogni giorno più facile. Gli raccontai che, quando avevo visto mia madre la prima volta in un letto d'ospedale, ero uscita dalla sua stanza perché mi veniva da piangere e non sapevo come trattenermi, che avevo fatto una ricerca su internet dopo che mi avevano detto il nome del tipo di tumore che l'aveva colpita e che le speranze di guarigione erano troppo basse. L'unica cosa che non gli dissi era che avrei voluto che mio padre fosse lì, perché in realtà non era vero, o almeno non lo era più da quando lui mi aveva offerto il pranzo.

Luca sorrideva e non diceva mai cose fuori luogo. A volte

i suoi occhi diventavano come fessure, neri e intensi come se volesse sapere tutto di me.

Io ero una ragazza che, di primo impatto, poteva essere definita semplicemente timida, una che a stento prendeva l'iniziativa. La verità era che la mia famiglia era stata la cosa più inaffidabile della mia vita e per questo un giorno, quando la professoressa di matematica definì la sua materia «un porto sicuro», io decisi che studiare matematica, esattamente come aveva sognato mia madre, sarebbe stata la mia strada, ma anche un modo per non lasciarla andare mai.

«Sono un povero laureato in Biologia e, come la maggior parte dei biologi, non pratico direttamente la professione», continuò a raccontarmi.

«Perché hai scelto la scienza?»

«Non mi piaceva altro. Ero affascinato dall'idea di scoprire come siamo fatti, di capire le nostre funzioni perfette e dove si inceppano quelle imperfette.»

«E quando ti è venuta questa voglia?»

«Al liceo. Merito della professoressa... E tu, perché vuoi studiare proprio matematica? È davvero difficile...»

«Per l'ordine, la logica... La matematica non mente.»

Avrei voluto dire di più, ma non sapevo come. Mi mancavano le parole per descrivere quello che provavo.

Mi sembrava che scegliere il sogno di mia madre mi avrebbe impedito di perderla davvero, ma spiegarmi era difficile. Da quando si era ammalata, guardavo i giorni sfiorire. Mi sentivo impotente e vestivo un lutto anticipato che non era d'aiuto a nessuno.

Luca pareva non vederlo, ecco cosa mi stupiva.

Lui sembrava percepire il mio vuoto e, come se non fosse già abbastanza, tentava di riempirlo continuando a raccontarmi di sé. Mi parlava da uomo adulto. Non cercava di semplificare i concetti come se avesse vicino solo una ragazzina. Gliene fui grata.

Lavorava in un'azienda che si occupava di sperimentare farmaci. Sceglieva gli ospedali e i pazienti più adatti. Era un ruolo complesso, che richiedeva non solo conoscenze scientifiche ma anche manageriali. Lo guardai sperando che a un certo punto mi dicesse che si trattava di una sperimentazione che avrebbe potuto salvare proprio mia madre.

Solo con il tempo avrei compreso che un uomo può salvare un'unica donna.

Durante la convalescenza di mia madre mi abituai alla sua presenza e, il giorno in cui la dimisero, mi aiutò a portare le sue cose sul taxi che ci avrebbe condotte a casa. Mia madre lo guardava con ammirazione e cercava di essere simpatica nonostante l'imbarazzo di farsi vedere in uno stato in cui non si riconosceva.

«E tua madre? Quando la dimettono?» gli domandai poco prima di salire in auto.

«Lei è a casa da quindici giorni. Sta bene. Era solo una cataratta in day hospital.»

Rimasi basita. Avevamo parlato di mille cose, ma non gli avevo chiesto nulla di intimo perché non volevo assorbire anche il suo dolore. Lui mi aveva rispettata.

«Quindi sei venuto qui tutti i giorni in pausa pranzo per...»

«Per te», completò lui la frase. *Per niente*, avrei detto io.

Luca intrecciò le sue dita alle mie, poi mi sollevò la mano e premette le labbra sul palmo. Un gesto inatteso.

Mia madre cercò i miei occhi. Sorrise, forse il sorriso più bello che io ricordi.

* * *

Da quel giorno, Luca mi corteggiò in modo sicuro e affidabile.

Amava il suo lavoro e aveva piani precisi per il futuro. Io avrei sostenuto l'esame di maturità e mi sarei iscritta all'università: l'unica cosa che sapevo era che la matematica mi dava conforto.

La prima sera che uscimmo a cena mi parlò della perdita recente di suo padre, che adorava, e di suo fratello che stava per diventare papà per la prima volta.

«Non vedo l'ora di avere un nipote», commentò. Mi sarebbe stato difficile giurarlo, ma avrei scommesso che volesse dire altro.

«Ti piacciono i bambini?» gli domandai, come se i ruoli si fossero invertiti.

«Veramente non tutti e non sempre, però sì, mi piacerebbe diventare padre un giorno!» Poi, come se non potesse trattenersi, aggiunse: «Vorrei essere come il mio. Sono stato fortunato. Quando eravamo piccoli ci rimboccava le coperte e, poco prima di spegnere la luce, soffiava come se dovesse smorzare una candela. Ho impiegato anni a capire che premeva l'interruttore e che non era lui la fonte di tutta quell'illuminazione. Quando si è ammalato, io e mio fratello gli abbiamo acceso una candela accanto al letto. Abbiamo sperato che ci soffiasse sopra, ancora una volta... È stato un bravo papà. Anche se i suoi bellissimi occhi blu li ha regalati solo a mio fratello!»

Mi accorsi che aveva abbassato lo sguardo e gli sorrisi. C'era qualcosa di magico nelle sue parole, qualcosa a cui non ero abituata, e forse se ne rese conto perché cambiò argomento, come se si fosse accorto che spingere sull'acceleratore può servire a superare un ostacolo ma anche a schiantarvisi contro.

Da quel momento fu come percorrere una strada sotto il

sole quando, davanti ai tuoi occhi, tutto inizia ad apparire diverso, come a una festa che comincia a piacerti.

È difficile percepire la vita che passa quando ti senti alla vigilia di ogni cosa. Avere la lucidità di osservare il momento esatto in cui la distanza smette di diminuire e inizia ad aumentare. Quando il presente inizia a inglobare il futuro.

Forse ci eravamo solo conosciuti troppo presto. La nostra giovinezza nascondeva troppe cose: la voglia di giocare, la felicità che quando arriva al momento più alto scopre la sua punta di dolore, ma anche il desiderio di lasciarsi andare alla deriva.

La fiammata dell'amore ha saputo divampare finché ha trovato ossigeno da bruciare.

Se i sentimenti non si possono esprimere a parole è solo perché non ne esistono di abbastanza grandi. Per questo hanno inventato i numeri.

Anni prima, quando mia madre incontrò Giulio, l'avevano appena assunta in un piccolo ufficio che gestiva la contabilità di diverse aziende e mio padre viveva già con la sua terza compagna. Cambiava casa e seminava odio a ogni amore che incontrava.

Mia madre, dopo un lungo periodo in cui sembrava che fossi io la sua unica occupazione, iniziò a modulare un nuovo sorriso. Se avessi avuto più esperienza e non fossi stata una adolescente introversa, lo avrei compreso subito che quel mutamento di espressione era dovuto alla presenza di un uomo.

Me lo presentò un pomeriggio. Quando entrai in salotto, li vidi lì impalati. Lui era appena più basso di lei e non aveva nulla di papà. Nessuna traccia di fascino, un principio di calvizie e una corporatura adatta a un rugbista.

Quando fummo a pochi passi, notai che aveva le mani impegnate. Erano dei regali per me. Una maglietta rosa con la scritta GENOVA glitterata e un cd con la compilation della musica italiana del momento. Mia madre socchiuse gli occhi appena e io deglutii. Lui probabilmente avrebbe voluto sparire.

Se fossimo stati tre insiemi numerici, la possibile relazione logica tra noi sarebbe stata l'imbarazzo.

Accettai i regali e lo ringraziai con un bacio veloce, rompendo lo spazio tra noi.

Si chiamava Giulio e credo che non abbia mai dormito una notte intera con mia madre durante la loro relazione. Tuttavia, a volte, lo trovavo in cucina ad aiutarla a preparare la colazione. Noi, che avevamo consumato tonnellate di biscotti confezionati, avevamo iniziato a mangiare pancake con la marmellata di corbezzolo, una prelibatezza che Giulio sosteneva di saper fare con le proprie mani.

«È una ricetta segreta di mia madre... nel senso che è rimasta segreta finché non me l'ha rivelata. Però è bello dire 'ricetta segreta'...» specificò arrossendo da orecchio a orecchio e grattandosi la testa.

Mamma gli tolse dalle mani il barattolo con la delicatezza di un battito d'ali e, per la prima volta da quando ne avevo memoria, la vidi assaggiare qualcosa senza aver prima avvicinato il naso per assicurarsi che fosse commestibile.

I porti sicuri sono spesso ben illuminati.

Un giorno accadde qualcosa. Mamma non tornò a casa, ma Giulio sì. Gli aprii la porta e gli diedi una mano a portare le sporte della spesa in cucina.

«Tua madre è andata a fare un massaggio e altre cose che non saprei spiegarti...»

Non feci in tempo a emettere alcun suono di stupore che lui continuò: «Oggi cucino io!»

Mise a bagno un pezzo di stoccafisso e la casa si inondò di un odore penetrante.

«Un'altra ricetta segreta?» gli domandai cercando di resistere alla tentazione di tapparmi le narici.

«Ti piacerà...» mi disse.

«Ne dubito!»

«È un piatto della tradizione ligure. Questo lo preparava sempre mia nonna. In casa mia non si faceva altro che cucinare: il che dovrebbe spiegare il mio fisico non proprio longilineo...» continuò dopo essersi legato in vita un grembiule da cucina, apparendo ancora più fuori luogo.

Aprì una bottiglia di vino bianco e ne versò un dito in un bicchiere anche per me.

«Mangiaci due patatine insieme.»

Così mi sedetti e mi abituai all'odore.

Iniziai a parlare. Gli raccontai della scuola e soprattutto della voglia che finisse in fretta. Mi piaceva studiare, ma non amavo andarci. A scuola non avevo molte amiche – anche se, sicuramente, quella maglietta modaiola che mi aveva regalato mi avrebbe aiutata a mischiarmi tra la folla – e poi gli spiegai la mia passione per la matematica. Lui non esitò nemmeno un attimo. Continuò a lavare le verdure come se gli avessi detto che adoravo disegnare, come se fosse normale.

«Quando avrai dato la maturità, potresti seguire un corso di preparazione. Non serve per accedere all'università, ma ti può fornire delle competenze in più.»

Ne parlammo, mi spiegò. Si muoveva in casa con naturalezza e, quando ebbe finito, mia madre rientrò. Aveva l'aria rilassata di chi si muove senza passato e posa gli occhi su una tavola imbandita di tradizione.

«È pronto in tavola, *madame*», disse lui invitandola ad accomodarsi.

La vidi lì per la prima volta. Era la dolcezza estrema, qualcosa di dannatamente bello.

* * *

Giulio la portava al cinema e spesso ci portava anche me. Lo adorava e voleva a tutti i costi sedersi nei posti migliori, per questo ci mettevamo in fila molto tempo prima che finisse la proiezione precedente. Dopo un po', io e mamma avevamo iniziato a prenderlo in giro.

«Se vuoi, Giulio, passo dal cinema prima di andare a scuola e piantono i sedili centrali per almeno otto ore. Poi, però, avrò bisogno di un cambio almeno per andare in bagno...»

Ridevamo. Io, lui e mamma: una nuova forma triangolare.

Mio padre se ne accorse e per questo, dopo essersi limitato per anni a offrirmi pizze e gelati come se fossi una sua dipendente, un giorno mi invitò a fare un giro in elicottero.

«Sarà divertente...»

Non pensai a nulla che riguardasse il volo in sé, la paura di trovarmi lassù o l'emozione di sorvolare la città: avevo già le vertigini così. Non era mai accaduto. Trascorrere un intero weekend insieme. Io e lui.

Mentre allacciavamo le cinture di sicurezza e infilavamo le cuffie che avrebbero attutito il rumore, compresi che mio padre era riuscito a scovare l'unico modo per stare con me a lungo senza dovermi parlare. Ogni tanto mi toccava per indicarmi qualcosa da ammirare dalla sua parte e mi faceva un largo sorriso compiaciuto.

Non era lui il genitore che si occupava di me quando stavo male o piangevo. Io non ero il suo ambiente naturale e per questo aveva pagato per fare il giro più lungo possibile. Quando scendemmo, mi parlò del mal d'aria e delle difficoltà incontrate da un corpo non abituato per tornare in sé. Mi fece sedere in una saletta e sparì. Poco dopo, tornò con un tè e mi chiese come mi sentissi.

«Sto bene», gli risposi seria.

Mi afferrò una mano come se volesse controllare la temperatura o addirittura il battito. Forse, avrebbe preferito che io mi sdraiassi e gli chiedessi di lasciarmi sola per un po', ma non lo feci e continuai a fissarlo.

Iniziò a parlare della volta in cui, su un volo come questo, un passeggero si era sentito male e il pilota aveva dovuto atterrare prima. Lo avevano portato fuori sorreggendolo in due. Era pallido come l'alba e sua moglie era scoppiata a piangere perché credeva fosse morto. Mio padre parlava, mentre nella mia testa mi chiedevo se quella donna fosse poi finita nel suo letto. In seguito prese a raccontarmi un'altra storia assurda; sembrava che avesse improvvisamente un gran bisogno di comunicare con me, come se dovesse stipare tutti gli aneddoti che gli passavano per la testa in un solo archivio: io.

«Ora possiamo andare», lo stoppai.

Cercò le chiavi dell'auto e io lo seguii nel parcheggio.

«Comunque mi sono divertita», gli dissi, perché era riuscito a non chiedermelo.

Si voltò di scatto e mi sorrise compiaciuto come sull'elicottero.

«Ne ero certo. Sono cose belle da fare con i figli.»

«Anche tu lo facevi con tuo padre?» lo provocai.

«No, io non ho avuto la fortuna di conoscere mio padre, lo sai», mi rispose ingenuamente.

«Allora siamo in due...»

Dopo quella frase non scoppiò nessun litigio. Andammo a cena in un bel ristorante e mi riportò a casa la mattina seguente senza nemmeno salire a salutare.

Quando varcai la soglia, lo avvertii subito. C'era odore di pancake.

Giulio era in cucina. La luce era accesa, in quel periodo dell'anno albeggiava più tardi.

Entrai facendo rumore.

Mi sedetti.

Un paio di pancake fumanti furono davanti a me.

«Hanno un aspetto delizioso...»

«Allora, com'è andata?» mi domandò senza voltarsi.

«Non saprei... Come al solito.»

«A modo suo ci sta provando.»

«Appunto. A modo suo...» gli risposi con un velo di amarezza.

«Quale marmellata vuoi?» mi chiese mostrandomi i due barattoli che teneva nelle mani.

«È riuscito a trovare l'unico posto in cui si può stare vicini senza poter parlare», risposi indicando il contenitore di destra.

«Forse ha solo trovato l'unico modo che lo spaventa meno che fare il padre.»

Guardai quell'uomo, un po' sconosciuto e un po' famigliare. Stava aspettando che il calore sciogliesse il pezzo di burro sulla sua colazione.

«Davvero pensi che mio padre sia solo impaurito?» gli domandai.

Lui sollevò appena le spalle.

«Penso solo che volare da soli dovrebbe spaventare chiunque.»

Avrei voluto dirgli tante cose. Quello che era mio padre, quello di cui ero così certa che nulla mi avrebbe fatto cambiare idea, ma c'era qualcosa che mi costrinse a tacere. Era la pienezza di quel momento, la muta gioia di non sentirmi sola.

La vita non è una storia facile da raccontare.

FURONO mesi sereni. Giulio era discreto ma presente e, con il passare dei giorni, avrei potuto giurare che fosse diventato addirittura più bello.

Poi sparì.

Mia madre me lo disse piano. Aveva le lacrime agli occhi. Io rimasi immobile. Ci eravamo già passate, con la differenza che, di papà, non eravamo mai riuscite a liberarci davvero. Di Giulio potevamo non parlare più e tornare a mangiare biscotti confezionati. Non le chiesi mai molto. Non lo avevo fatto per mio padre e non sarei scesa a compromessi nemmeno con colui che sarebbe dovuto rimanere solo uno sconosciuto. Temevo che le mie curiosità la colpissero mentre era ancora in volo.

Per questo, sembra strano a dirsi, quando arrivò, la malattia ci distrasse da tutto, persino dagli uomini.

Nessuno riuscì a togliermi dalla testa che si fosse ammalata per la rabbia e per quel senso di abbandono che sembrava non volerla lasciare mai, come se essere felice fosse una cosa difficile.

* * *

Se ne sarebbe andata qualche anno dopo, durante il mio secondo anno di università e poco dopo avermi affidata a Luca, come se sapesse che io avevo ormai trovato la mia strada. Dopo averlo conosciuto in ospedale, gli chiese spesso di venire a casa a trovarci, nonostante il suo aspetto ormai non ricordasse quasi nulla della bella donna piena di vita che era stata.

Una sera, lo ricordo, ci sedemmo in salotto e loro due iniziarono a parlare. L'unica in imbarazzo fui io. Mia madre rise un paio di volte. Lo faceva con gli occhi e cercandomi complice mentre io speravo solo che quella spinta di gioia si diffondesse in lei come una medicina. Poi mi chiese di andare a prenderle una coperta in camera. Io mi alzai e mi fermai in corridoio.

«Abbi cura di lei... È troppo giovane per restare sola», la sentii dire. Fui attraversata dai brividi mentre Luca sussurrava: «Fidati di me», probabilmente stringendole la mano.

Gli ultimi mesi furono strazianti. Mio padre arrivò solo alla fine, ma non dovette fare molto, perché Luca aveva già pensato a tutto.

Sarei andata a vivere con lui e, con i soldi lasciati dalla vendita della casa di mia madre, mi sarei pagata gli studi e tutto quello che avrei desiderato.

La cerimonia funebre fu intima e veloce come lei aveva voluto. Realizzai lì che quella sarebbe stata l'ultima volta che l'avrei vista, poco prima che la chiudessero nella bara. Non avevo mai pensato alla fine, ma credo che, se lo avessi fatto, sarebbe stato tutto più bianco. I suoi capelli e magari anche i miei, tanto da indicare al mondo che avevamo camminato insieme un po' di più.

Nella piccola stanza in cui gli uomini delle pompe funebri ci avevano lasciate sole ancora per qualche minuto, avvertii dei passi alle mie spalle e mi sentii sollevata. Avrei riconosciuto il suo passo ovunque. Non era né di Luca né di mio padre e, quando la sua mano si posò sulla mia spalla, non ebbi neanche bisogno di voltarmi per sapere che lui era lì con me. Giulio teneva un fiore in mano e aveva gli occhi più rossi dei suoi petali. Quel fiore, l'avrei rivisto appoggiato sulla tomba di mamma ogni volta che sarei andata a trovarla.

Abbassò la testa e le disse qualcosa. Qualcosa di breve. Qualcosa che avrebbe sentito anche un sordo dall'altra parte del mondo.

«Buon viaggio, amore mio.»

Portai la mano alla bocca, avvertendo il profondo desiderio di rintanarmi in lui. Giulio lo capì e mi abbracciò. L'odore di pulito e di quel dopobarba che non sentivo da tempo mi fece ripensare alla nostra cucina e, per un attimo, comprendendo che nessuno l'avrebbe mai più abitata come avevamo fatto noi, mi resi conto di ciò che era successo, come se qualcuno lo avesse detto ad alta voce: mia madre era morta.

Giulio mi tenne stretta finché la bara non fu portata in chiesa. Poi mi prese per mano e mi accompagnò fino alla prima panca. Io mi sedetti e scivolai un po' di lato per lasciargli spazio. Quello accanto a me era il suo posto.

Subito dopo la cerimonia, mio padre se ne andò, come sapeva fare lui. Sorridendo come se, in fondo, non fosse accaduto nulla di importante. Strinse con forza la mano di Luca, quasi a voler suggellare qualcosa. Non un passaggio di testimone, o un tentativo di affidarmi a qualcuno di cui si fidava. La sua era più gratitudine nei confronti di chi si sarebbe occupato di qualcosa che altrimenti sarebbe diventato un problema suo. Un sentimento che un dirigente d'azienda conosce bene.

Puoi raccontare a un serpente che è un cane, ma difficilmente si metterà a correre a quattro zampe.

Rientrare in casa fu la cosa più difficile. Le persone avevano smesso di starmi intorno. I vicini avevano chiuso la porta e quei pochi colleghi di mamma si erano ritirati.

Il lutto resta sempre qualcosa di personale e la morte diventa ogni giorno più tangibile. Me ne accorsi una volta dentro le nostre mura, per la prima volta senza di lei, che il vuoto lo avrei potuto toccare. Luca e sua madre erano accanto a me.

«Prendiamo solo quello che ti serve subito, al resto penseremo poi.»

Mi diressi nella sua stanza senza rispondere.

Rimasi lì a guardare il suo letto. Quello in cui mille volte mi ero infilata perché tutto quello spazio mi sembrava sprecato. Lo fissai e provai a immaginarla con Giulio. Avrei voluto riuscirci. Pensarla felice, femmina, spensierata.

Mi sedetti sul bordo, dalla sua parte, accanto al cuscino, e la vidi. Spuntava da dietro il mobile. La sfilai e la riconobbi. Per molti anni era rimasta appesa in salotto, nel punto più luminoso della casa, dove chiunque, una volta varcata la soglia, potesse vederla. L'immagine di mamma e papà abbracciati nel giorno delle loro nozze. Una fitta intensa mi colpì. Lei aveva il viso rivolto verso di lui e gli occhi puntati su quell'uomo che doveva aver amato molto. Lui guardava l'obiettivo.

«Ho preso alcune cose nella tua stanza, un po' di biancheria e qualche vestito...»

La voce di Luca mi scosse. Rimisi a posto la fotografia e mi voltai verso di lui. Teneva in mano una borsa che aveva riempito dei miei indumenti come se sapesse di cosa avessi bisogno.

«Arrivo subito...» risposi con la voce incrinata ai bordi.

Aprii lo sportello del comodino e afferrai il libro che mia madre stava leggendo. Sfiorai il segnalibro. Avrei iniziato a leggerlo da lì. Poi vidi dei quaderni. La sua grafia era limpida come la matematica che esercitava. Li strinsi al petto e li misi in un sacchetto, insieme a tutto quello che mi serviva, e andai verso la porta.

«Luca ha portato le tue cose in auto.»

Anita era lì ad aspettarmi.

«Ti ho preso qualche cosmetico... Vuoi controllare?»

Io scossi la testa e strinsi il sacchetto. Lei si avvicinò.

«Posso vedere?» mi chiese.

Allentai la presa e la guardai sfilare il libro, la clessidra che avevamo comprato in Grecia, una meridiana di metallo trovata in un mercatino dell'antiquariato e il pallottoliere con cui da bambina mi aveva insegnato a contare.

«Sono cose importanti», mi disse rimettendole dentro.

Abbassai la testa come se fosse diventata troppo pesante e lei mi abbracciò.

«Sei troppo giovane per tutto questo», mi sussurrò nell'orecchio aspettando che quel senso di smarrimento, vuoto e terrore che chiamano dolore allentasse la sua presa.

Quella sera, mi sdraiai a letto e ripresi a leggere il romanzo che mamma non aveva finito. Il giorno dopo, andai all'università, l'altro conto in sospeso.

A ognuno di noi spetta un compito preciso. Spesso è solo quello di sopravvivere agli altri.

Mi laureai tre anni dopo. Non fu una vera e propria festa. Io pensai a mia madre per tutto il tempo. Mentre discutevo la tesi, mentre attendevo che la commissione si riunisse e decidesse il voto, mentre lo annunciava. Quando mi voltai dopo aver stretto le mani ai miei professori, vidi Luca con la macchina fotografica in mano, sua madre con una corona di alloro che aveva estratto dalla borsa e mio padre che si era materializzato come se possedesse dei poteri magici.

«Bravissima la mia cervellona!» mi abbracciò.

Era sorridente. Mi domandai se il suo buonumore fosse autentico, dovuto a me o se, come al solito, ci fosse altro a renderlo felice e lui fosse rimasto sempre il migliore nel riciclare i sentimenti.

Durante il pranzo, mio padre non smise mai di parlare. Poi si scusò educatamente e si allontanò dal tavolo. Luca e Anita mi guardarono e finalmente riuscirono a dirmi quanto fossero orgogliosi di me.

«Sei così giovane e così brava», commentò lei.

Sorrisi, perché sapevo che quelle erano parole di madre.

Qualche minuto dopo, mi alzai anch'io.

«Possiamo andare», annunciai.

«Ma... tuo padre?» mi chiesero quasi in coro.

In quel momento mio padre era sicuramente già in autostrada, ne ero certa. Così come sapevo che aveva pensato lui a saldare il conto del pranzo.

Plateale nel suo costante sottrarsi.

Anita mi fissava con gli occhi sbarrati. Avrei voluto dirle

qualcosa di importante: che mio padre era un chirurgo di fama mondiale e che la sua presenza era stata richiesta per salvare la vita a qualcuno. Ma non sarebbe stato vero. Era solo uno uomo bravo a scomparire e io avevo smesso di rincorrerlo.

Il giorno dopo ricevetti una sua mail. Mi ringraziava per lo splendido pranzo e l'emozione della giornata. In allegato, c'era un biglietto aperto per Londra.

«Quando saprai bene anche l'inglese, sarai insuperabile!» scriveva, ma io sapevo cosa voleva dire davvero. Era il momento di togliermi da lì. Da quel fidanzato perfetto e da quella che ai suoi occhi doveva essere solo una vecchia signora. Da quella vita al profumo di vaniglia e pianificata nei minimi dettagli che lui avrebbe descritto come l'esistenza di una mosca intrappolata sotto un vetro.

È ora di iniziare a vivere, figlia mia.

Così mi ritrovai a Londra.

Inizialmente avevo accantonato il pensiero; poi, però, ne avevo parlato a Luca.

«Guarda che non è una cattiva idea...» mi rispose.

«Faccio fatica a pensare che l'abbia avuta mio padre, tutto qui...»

«Vuoi sapere come la penso?»

«Sì.»

«Credo che con una laurea in Matematica e una buona conoscenza dell'inglese, lui possa trovarti un buon lavoro: è il suo risarcimento.»

«Non accetterò un lavoro da lui!» esclamai, ma poi chiusi gli occhi per attendere il contraccolpo delle mie parole.

«Non te lo permetterei... non se ti porta lontana da me.»

Luca era arrivato in tempo per salvarmi.

Partimmo insieme per l'Inghilterra e trascorremmo un paio di giorni spensierati, poi lui rientrò in Italia e io caddi in quella che sembrava proprio una trappola escogitata da mio padre.

Nonostante a scuola non mi fossi mai fatta delle vere amicizie, quella era la prima volta in cui restavo da sola.

Io, la bambina che cercava rifugio negli angoli e che si raggomitolava dietro al divano tenendosi lontana dalla vista per non alterare gli equilibri, ora prendevo la metropolitana per scendere nel centro di una grande metropoli, luminosa e viva.

La piazza in cui emersi dal sottosuolo era piena di gente che cercava di evitarsi per non rallentare il proprio passo, che si faceva largo verso la propria meta. Una persona mi urtò mentre me ne stavo impalata a guardarmi intorno, senza scusarsi.

Per un attimo riconobbi il volto di mia madre in una donna che veniva verso di me. Poi, avvertii un tuffo al cuore e una sensazione di smarrimento, come se mi fossi appena svegliata in un luogo sconosciuto.

Tra me e il mondo sembrava essersi formata una coltre spessa. Cercai un luogo dove poter respirare e pensai a lei. Per quanto tempo sarei riuscita a ricordarla? La paura di perderla mi fece accumulare immagini di noi insieme. Sedute sul divano a guardare un film, mentre camminavamo parlando della scuola al ritorno a casa, o quando mi obbligava a provare un abito che secondo lei era fatto proprio per me.

Avrei dovuto provarlo quel vestito, quel giorno. Invece mi ero messa a fare i capricci. Era troppo corto, troppo stretto o forse troppo colorato. Nemmeno riuscivo a rammentarlo, il motivo, ma la sua testa che si muoveva sconsolata, le sue spalle che sembravano sospirare insieme al resto del corpo riaffiorarono con prepotenza. Quella era ancora mamma e, mentre il mondo si muoveva vorticoso intorno a me, mi accorsi che quella paura, quella ubriacatura in circolo nel sangue, quella sensazione di essere appena stata colpita in testa era solo la mancanza di lei.

Rimasi chiusa in casa per giorni. Uscivo solo per chiamare Luca, a cui raccontavo una normalità irreale solo per sentire la sua voce. Per il resto, aiutavo nei compiti i figli di una amica di mio padre che mi ospitava. Fu lei a insistere che uscissi una sera. Mi guardò con una tale severità che non riuscii a sfuggirle.

Il mio mondo cambiò lì. In un pub inglese, nel centro di Londra.

Lui era dietro al bancone. Io mi avvicinai per ordinare un bicchiere di vino bianco. Mi sorrise. Eravamo italiani entrambi, italiani in terra straniera. Lo guardai negli occhi mentre lui stappava un Pinot grigio. Muoveva le mani in gesti armonici e abitudinari come se sapesse cosa fare, come se sapesse chi fossi.

Quella sera mi ero unita a un gruppo di amici della sorella della mia ospite ed eravamo finiti lì, in quel pub. Loro si conoscevano bene e io, che facevo così fatica a capire le sfumature del loro parlare, mi sentivo un po' esclusa. Per questo mi ero alzata e mi ero avvicinata al bancone. Ordinai altre birre per i miei accompagnatori e un bicchiere di vino per me.

Mentre il barista riempiva i boccali, un uomo mi si avvicinò. Disse qualcosa che non compresi, ma che credo fosse intuibile in quanto universale. Fui investita dal suo alito carico di alcol subito prima che la sua mano si appoggiasse sulla mia.

Il ragazzo dietro al bancone la afferrò bruscamente e la cacciò via.

L'uomo sbuffò e si allontanò. Io restai lì a guardare inebetita quel giovane uomo che mi sorrideva mentre lasciava al tavolo della mia compagnia le birre. Il mio calice di vino, invece, era rimasto davanti a me. Iniziammo a chiacchierare e tutto quello che ascoltavo sembrava giusto, perfetto come uno spazio aperto che ti chiede solo di essere attraversato. Continuava a servire i clienti al banco senza mai allontanarsi da me.

«Cosa fai qui?» mi chiese.

Dovrei imparare una lingua che non mi piace, avrei dovuto dire. Ero laureata in Matematica, la lingua universale per eccellenza e, come ogni matematico che si rispetti, odiavo ogni situazione in cui le espressioni diventavano incomprensibili.

«Ti guardo», risposi invece. Fu facile e romantico. Lui depose lo straccio e il bicchiere che stava asciugando e appoggiò entrambe le mani a pochi centimetri da me.

«Ti andrebbe di continuare?»

Iniziò così, come un braccio che sbaracca un tavolo da quello che rappresentava il suo passato per fare spazio a qualcosa di nuovo.

Raffaele: il suo nome lo scoprii solo dopo che i miei «amici» se ne furono andati. Nessuno si curò troppo di me e di come me la sarei cavata da sola nella notte di una città straniera. E la verità è che non lo feci nemmeno io.

Il pub si svuotò poco dopo la mezzanotte. La sera era tiepida e vellutata e io mi lasciai trasportare dai suoi passi.

Era nato a Milano e si era laureato in Lettere. Di giorno seguiva un master per diventare editor, mentre di sera e nei weekend si trasformava nel mezzo busto che preparava cocktail e spillava birre.

«E tu?»

«Mi sono appena laureata in Matematica», dissi con un pizzico di orgoglio, lo ammetto.

«Oh no... non ci credo. Dimmi la verità!»

«Perché mai dovrei mentire?»

«Perché mi affascina tutto quello che faccio fatica a comprendere e ora capisco perché sono attratto da te... Chissà cosa c'è in quella testa!»

«Non puoi non capire la matematica. È logica per definizione!» gli risposi glissando sul complimento.

«Parli con un letterato. Non c'è partita.»

E invece c'era... la partita. E sentii che poteva essere bellissima e molto pericolosa, visto che io non ero da sola, in quel momento della mia vita. Ma ascoltai il mio cuore. Ci scambiammo uno sguardo intenso. E accadde.

Allungai le mani e cercai il suo volto, poi le sue labbra.

Le nostre passeggiate notturne divennero un appuntamento fisso. Io mi occupavo dei bambini, cenavo in fretta e correvo al pub. Mi sedevo al solito tavolo, sorseggiavo il vino e gli sorridevo. Lo osservavo lanciare bottiglie in aria, chiacchierare in un inglese perfetto con chiunque avesse voglia di raccontare un pezzo di sé e strofinare bicchieri fino a farli diventare brillanti. Poi, mi guardava. Come un esercizio. Ogni tre piegamenti, fai una torsione. Ecco, la torsione ero io. Un sorriso, un bacio volante, un'occhiata complice. Non importava. Ero pronta a ricevere tutto come se fossi in porta. Mi sentivo complice di qualcosa e, ogni volta che nella nostra traiettoria si insinuava un'altra donna, facevo finta di irrigidirmi, di ingelosirmi o addirittura agitarmi.

Fingevo, ma solo un po'.

A ogni minuto avvertivo qualcosa cambiare in me, nel mio corpo. Stavo partorendo una me nuova.

Per questo penso di essere nata lì, perché di tutto quello che c'era in Italia – fidanzato, progetti, promesse – mi dimenticai. A venticinque anni forse è normale. Non per cattiveria, ma per necessità. Avevo bisogno di far entrare cose nuove, risate ed emozioni. Il resto si poteva comprimere finché trovava spazio, finché qualcosa di magico non gli avesse indicato l'uscita.

Ecco cos'era. Qualcosa di incantevole. Attraversare la città, affidarmi ai mezzi pubblici e ascoltare un idioma di cui non riuscivo ad afferrare che poche parole non mi spaventava. Arrivare da Raffaele mi dava sollievo.

«Stare con te è come studiare di prima mattina», gli dissi in una delle nostre passeggiate notturne.

«Lo prenderò come un complimento», mi rispose mentre apriva la porta del suo minuscolo appartamento.

Ci frequentavamo da una settimana e l'impazienza era tale che quell'invito, una sera, non sembrò strano, bensì dovuto. Poco dopo esserci chiusi la porta alle spalle, scoppiò un temporale di cui nessuno dei due si accorse. Ci sembrò che il cielo avesse intonato una musica per convincerci a rimanere lì dentro. Insieme.

Di quel momento ricordo tutto. Ogni gesto. Le sue mani che intrecciano le mie per farmi avvicinare. La voglia di togliersi i vestiti e di guardarsi, i miei capelli sul cuscino e poi la dolcezza di chi lascia che il desiderio dia sfogo alla sua dignità.

Era la prima volta che toccavo la leggerezza.

Rimanemmo a guardare il soffitto tenendoci la mano, poi lui si alzò e si mise a preparare da mangiare. Sdraiata sul letto con un lembo di lenzuolo azzurro che mi copriva appena, lo seguivo con gli occhi mentre sbatteva le uova, tagliava i pomodori e la cipolla e tostava il pane. Fissavo le sue mani. Si muovevano come al bar. Sicure. Leggere. Infallibili. Si muovevano come se sapessero amare e in quel momento mi domandai se mai le avrei viste altrove. Sul volante di un'auto, sulle braccia dei suoi genitori, sulla maniglia di una casa nostra.

Non ero mai stata innamorata. Non così. E ora che sapevo cosa fosse quella meraviglia, provai un'improvvisa tenerezza per Luca e per l'amore che mi portava, ma pensare alla sua indulgenza, quella costante mancanza di giudizio come se non fosse corretto prendere una posizione o fare una critica, mi irritò. Mi domandai se anche il mio essere lì, nuda nel letto di uno sconosciuto, lo avrebbe visto reagire con la solita cautela.

Sommersa da quei pensieri, stringendo la stoffa tra le mani, realizzai che il tempo a nostra disposizione sarebbe finito a breve. Io sarei dovuta tornare in Italia, lui non ancora. Quel pensiero mi tolse il respiro.

Da quando l'avevo conosciuto, non avevo fatto altro che stare con lui o pensare al momento in cui ci saremmo rivisti e mi sembrava che il mondo di prima, la me stessa di prima non solo non avessero una grande importanza, ma non avessero compreso nemmeno molto di cosa volesse dire essere me.

Scivolai giù dal letto e mi avvicinai.

«Io parto tra qualche settimana...» miagolai con un filo di voce insignificante.

Raffaele annuì appena, impiattò due omelette e versò del vino nei bicchieri.

«Allora dobbiamo goderci tutto il tempo come se fosse un dono prezioso.»

Non era quello che speravo di sentire, ma non ebbi il coraggio di replicare. Mi sedetti e cercai di mandare giù qualche boccone mentre mi rabbuiavo per le troppe cose da dire e non riuscivo a trovare quella giusta.

Decisi di non affrontare più l'argomento e di assecondare ogni sua iniziativa. Lo facevo sempre. Era quel tratto del mio carattere che avrei voluto cambiare. Vivere alla giornata, senza pormi troppe domande.

Andammo a teatro, al cinema, a fare lunghe passeggiate in riva al Tamigi. Londra sembrava allegra e vivace quando riuscivo a non pensare al tempo che scorreva così veloce, così implacabile.

Poi, qualche giorno prima di accompagnarmi all'aeroporto, mentre eravamo seduti in un piccolo caffè, mi disse: «Ti amo, Aurora», piegandosi in avanti per baciarmi. Quando riaprii gli occhi, avvertii tutti gli sguardi degli avventori del bar su di me e scoprii cosa significasse sentirsi invidiata.

Quella sera, dopo aver fatto l'amore, ci sedemmo a mangiare per terra davanti a una televisione che assolveva il solo scopo di fare rumore di sottofondo e mi resi conto che non sapevamo quasi niente l'uno dell'altra, ma questo non mi avrebbe impedito di rimanere lì, in quella città straniera, se solo lui me l'avesse chiesto.

Non lo fece. Mi lasciò andare e fu come se mi mandasse via. Volai in Italia con la sensazione di non appartenere più a niente, a nessun luogo. Non riuscivo a concentrarmi su nulla che non fosse lui e forse avrei avuto solo bisogno di parlarne e sfogarmi, ma non ne ebbi la possibilità.

All'aeroporto di Genova, ad aspettarmi, c'era l'altra mia vita. Quella di cui non mi occupavo più da qualche mese, alla quale telefonavo puntualmente poco prima di uscire e andare al pub garantendo una stanchezza tale da non desiderare altro che infilarmi sotto le coperte.

Luca era lì. Indossava un perfetto abito grigio, la camicia bianca e la cravatta elegante. Doveva essere venuto direttamente dal lavoro. All'improvviso, quei dieci anni di differenza tra noi, li notai anch'io. Mi abbracciò con forza. Si affrettò a prendermi i bagagli. Era efficiente e premuroso come un padre. Mi lasciai precedere. Mi fermai e volsi lo sguardo verso le porte scorrevoli alle mie spalle sperando di essere ancora in tempo per tornare indietro. Lui non si accorse della mia assenza al suo fianco e alla fine fui costretta ad accelerare il passo per raggiungerlo.

Era come se avessi cambiato forma in base al contenuto.

Il futuro ci spaventa. La sua imprevedibilità e la nostra incapacità di accettare un eventuale cambiamento ci fanno sentire impotenti. Eppure, a volte, il futuro che più temiamo è proprio quello che possiamo prevedere.

AVEVO sempre pensato di assomigliare a mia madre, ma, mentre camminavo dietro a Luca all'uscita dell'aeroporto dopo averlo tradito, avvertii in me quella freccia paterna, quel guizzo di eterna illusione che tanto avevo odiato in lui.

Iniziò a piovere e il mondo mi sembrò un'oscurità compatta. La casa era calda e le mie valigie sparirono direttamente in camera da letto. Quando Luca tornò in salotto, mi guardò. Io ero ancora vestita, quasi fossi un'ospite.

«Non ti metti comoda?» mi chiese abbozzando un sorriso.

Si avvicinò e mi abbracciò. Cercò le mie labbra e, nell'intimità della nostra casa, lontano da sguardi sconosciuti, mi baciò come avrebbe fatto un marito.

«Hai cambiato dopobarba?» gli domandai istintivamente.

«No. È sempre lo stesso.»

«Sembra diverso...» balbettai.

Lo era. O meglio, non era quello di Raffaele.

Avrei potuto fargli la stessa domanda sulla casa. Mi pareva di non conoscerla e mi sentivo come se avessi vissuto dentro un'altra vita.

«Perché non ti fai una doccia mentre preparo la cena?»

Lo guardai negli occhi e gli sorrisi per ringraziarlo di aver trovato il modo di mandarmi via. Mi diressi in bagno: avevo solo voglia di piangere.

Lasciai scorrere l'acqua nel lavandino e guardai i nostri accappatoi appesi vicini. Uno portava le pieghe di un uso recente. Mi sciacquai il volto e mi tamponai le guance. Poi mi sedetti sulla tazza a pensare. Fantasticai su qualcosa di impossibile e ingiusto. Poter spalancare la finestra e calarmi fuori nella notte come una ladra. Perché questo ero. Una ladra di vita. Cercavo di allontanare i pensieri mentre l'idea folle di fuggire di nascosto nella notte diventava sempre più plausibile. Scrollai il capo e mi asciugai una lacrima mentre immaginavo di arrivare alla prima fermata di taxi per farmi riportare in aeroporto.

Poco dopo, mi fermai sulla porta della cucina. Luca stava preparando le penne al pesto.

«Ti è mancato, vero? Sono andato a prenderlo direttamente in serra. Ha un profumo...»

Mentre scolava la pasta, guardai il suo volto dietro la nube di vapore e compresi che quel posto, quell'uomo non mi appartenevano più ma, se volevo sopravvivere, avrei dovuto trovare un modo per non essere come mio padre, capace di fare le valigie solo perché un sorriso nuovo gli aveva illuminato il cuore. Raffaele poteva essere un'esperienza, una di quelle che non avevo fatto prima. Luca era l'evento certo. E ripensai a quello che ripeteva sempre mia madre.

La distanza in matematica viene misurata come lontananza ma, a differenza della vita, non ha mai un valore negativo.

Ogni volta, quelle parole sembravano assumere un significato nuovo ma sempre corretto.

* * *

All'inizio, la gentilezza di Luca mi aveva quasi commossa. Era premuroso e attento. Spostava la mia sedia per farmi accomodare o anticipava l'apertura della porta per farmi uscire. Era piacevole, a tratti comico, e a volte era così intento a fare al meglio una cosa semplice da suscitare perfino tenerezza. Quella era la vita giusta, quella sicura, quella prevedibile. Quella di cui parlava mamma, una vita che ti permetteva di fare facilmente i calcoli.

Ma Luca era anche un uomo estremamente riservato. Non amava rispondere a troppe domande e tendeva a sminuire il suo lavoro. Sembrava sempre imbarazzato nel parlare di sé, come se aprirsi lo mettesse a disagio e questo, per lungo tempo, mi avrebbe impedito di accorgermi del suo sconcertante lato emotivo.

Quella sera, mi sorrise mettendo i piatti in tavola e, prima di sedersi, andò ad accendere la musica e stappò una bottiglia di vino bianco.

Ci sedemmo a mangiare e io dovetti accusare un finto mal di gola per giustificare la mia lentezza.

Dopo cena, lo aiutai a sparecchiare.

Lui versò un amaro in due bicchieri e mi portò sul divano.

«Sono così felice che tu sia tornata. Non mi importa del domani. Mi importa di noi, adesso. Di questo istante. Penso che, se non fossi rientrata, sarei venuto io a prenderti. Stavo per chiedere qualche giorno di ferie.»

Fece tintinnare i nostri bicchieri e mi strinse a sé. Io lo lasciai fare sperando che, nascosta contro il suo petto, non potesse notare la sfumatura stonata della mia espressione.

Ci sdraiammo nel letto, quello in cui avevamo dormito insieme negli ultimi anni. Io mi voltai verso la parete, mentre la sua mano mi accarezzava la spina dorsale. Senza insistenza, senza pressione. Poi si voltò anche lui.

Quando mi svegliai, non c'era.

Trovai la colazione sul tavolo e un biglietto.

«Cerco di tornare presto stasera. Mi manchi!»

Mi vestii e uscii. L'aria del giorno appena iniziato mi fece bene. Salutai qualche vicino e mi allungai verso il primo caffè.

Avvertivo un groppo in gola e l'inarrestabile desiderio di piangere. Fuori c'erano movimento, rumori e colori del mondo che sembravano difficili da affrontare da sola.

Dietro al bancone, la ragazza aveva un sorriso stanco. Ordinai un caffè. Uomini e donne consumavano rapidamente e poi sparivano per lasciare spazio ad altri. Provai a osservarne un paio chiedendomi quali fossero le loro gioie, ma soprattutto se possedessero dolori uguali al mio, e in quel momento, mentre diversi sconosciuti mi passavano accanto, toccai la nuda sensazione della solitudine e d'istinto avvicinai i lembi della giacca come se mi volessi coprire.

Fu lì, in quel momento, che il mio telefono squillò.

«Torna da me...»

Raffaele non mi aveva dato neppure il tempo di aprire bocca.

«Ti voglio qui. Posso aiutarti a trovare un lavoro temporaneo e, quando avrò finito il master, decideremo cosa fare.»

«È una pazzia...»

«No, siamo io e te. Nessuno ha il diritto di vivere la vita al posto nostro.»

Dissi di sì come se fosse naturale.

Rincasai di corsa, in preda a un'euforia mai conosciuta. Acquistai un biglietto per tornare a Londra. Avevo solo qualche ora per spezzare il cuore a Luca e andarmene, ma non sapevo da dove iniziare.

Attesi che il mio compagno rientrasse.

Mi inondò di parole.

Aveva comprato i lamponi, che io adoravo, e accettato un invito a pranzo da sua madre per il giorno dopo. Non vedeva l'ora di abbracciarmi. Non trovai il coraggio di parlare e, mentre mi muovevo in cucina per tenere le mani impegnate, lui mi bloccò tra le braccia.

«Stasera non cuciniamo! Ho prenotato in un ristorante nuovo. Me ne hanno parlato bene.»

«E i lamponi?»

«Quelli sono per dopo...» replicò ammiccante. Ma io mi sentii morire.

Uscire di casa, stare in mezzo alla gente mi sembrava una boa di salvataggio.

Alla luce fioca della candela del centro tavola, lo guardai in faccia. Il suo volto squadrato, adulto. Gli occhi profondi. Consultava la lista dei vini come se non avesse fatto altro nella vita. Era un uomo gentile e pieno di risorse. Non sarebbe rimasto a lungo da solo.

Quando arrivò il dolce, glielo dissi.

Forse le parole non furono esattamente queste, non ricordo, e nemmeno posso spiegare la spinta che mi portò a farlo in quel modo.

«Voglio tornare a Londra.»

Lui non fece domande inutili. Non mi chiese se intendessi fare una vacanza o tornare a prendere qualcosa. Non mi chiese nemmeno di venire con me. Non disse nulla. Non subito.

Si pulì le labbra con il tovagliolo e allontanò il piatto.

Rimase immobile a fissarmi.

«Ho sbagliato ieri quando ti ho detto che ero così felice che non mi importava del futuro. Non è vero. Io voglio anche il resto, Aurora. Il nostro resto», disse, e fu come vedere qualcuno a cui si spegne l'anima.

Poi fu durissimo.
«Se vuoi andartene, fallo subito.»
Pagò il conto e, appena fuori, salì in auto e sparì nella notte, lasciandomi lì, in un silenzio privo di domande o di insulti.
Mi feci accompagnare da un taxi nel centro della città. Camminai un po', ma stranamente non mi sentivo disperata.
Trovai un piccolo hotel e chiesi una stanza.
Mi buttai sul letto vestita a fissare il soffitto. Osservai le ore passare, ingrandirsi fino a diventare di nuovo luce. All'alba mi spogliai e mi buttai sotto il getto d'acqua bollente. Non riuscivo a concentrarmi su nulla. La verità era che una parte di me era felice, l'altra spaventata.
Pensai a mio padre e poi alle parole di mia madre quando lui ci comunicò che aveva lasciato anche la donna per cui si era allontanato da noi.

Lei ha solo smesso di illuminarlo. Per questo se ne va.

Mi domandai se fosse questo l'amore. La ricerca continua di qualcuno che ti accenda il cuore come se non dipendesse mai da te.
Mi asciugai e rinfilai i vestiti che avevo. Aspettai che fosse l'ora giusta per rientrare a casa a fare le valigie. Nel pomeriggio, presi un treno e andai a Milano da mio padre.
Lui venne a prendermi in Stazione Centrale.
Non mi domandò cosa fosse accaduto. Si comportò da esperto, quale era, di separazioni. Non fece domande. Non mi chiese il perché. Nessuno meglio di lui sapeva che *il perché* è sempre un alibi.
Non ci vedevamo da un anno. Lo trovai ingrassato e invecchiato. Aveva quasi sessant'anni, ma si muoveva ancora come un quarantenne. Aveva un'auto comoda da uomo arri-

vato con la quale mi portò a casa sua. Guardai il paesaggio fuori dal finestrino. Milano cambiava in continuazione, ma in alcuni scorci sembrava ancora un paese.

«Ho un aereo per Londra domani...»

«Parti da qui?» mi chiese.

Annuii. Non so se avessi scelto quell'aeroporto perché sapevo che Luca mi avrebbe buttata fuori di casa come un'estranea o perché avessi bisogno del conforto liquido dell'unico genitore rimastomi.

«Costava meno», risposi.

Mi portò a cena in un posto bellissimo. Era come Luca. Ordinò tutto anche per me e io lo lasciai fare.

«Vuoi parlarne?» mi chiese.

«Sarebbe come spiegare a Dio cos'è la Resurrezione!» gli sorrisi e lui abbozzò elegantemente.

«Io sono qui», annunciò dopo.

Lo guardai e pensai che era vero. Lui era qui, ma non là e nemmeno laggiù e nemmeno dove io ne avessi bisogno, ma questa non era una sua difficoltà, solo il suo essere. Non era un uomo cattivo, aveva soltanto un limite, come le auto che, per quanto siano potenti, non potranno mai volare. Mio padre non volava, credeva di farlo. Tentava solo il decollo. Ogni volta. Lo fissai e mi chiesi se il mio destino fosse assomigliargli; o forse era semplicemente lui quello nel giusto. In fondo, lui era sopravvissuto e la scienza lo dichiara apertamente: ce la fa soltanto chi si adatta meglio.

«Grazie, papà», risposi, pensando che forse era vero che cerchiamo negli uomini che incontriamo qualcuno che ricordi il nostro genitore. Luca non avrebbe mai parlato così. Era come se fosse lì, in quel momento, a ricordarmi che mio padre non era la vita giusta.

E Raffaele? Raffaele avrebbe saputo riempire tutti gli spazi? Dovetti prendere un lungo respiro per impedirmi di sciogliermi in lacrime. In fondo, mio padre, non le aveva viste molte volte. Non c'era mai stato quando piangevo.

La stanzetta degli ospiti era pronta. Gli asciugamani erano piegati sopra la coperta. La sua nuova, ennesima compagna mi sorrise con dolcezza mentre io mi domandavo se anche lei fosse prossima alla scadenza.

Mio padre entrò nella mia stanza.

«L'amore è come l'estate. Caldo e pieno di luce. Devi solo imparare a godertelo.»

Non dormii molto: ogni volta che il sonno aveva la meglio, mi svegliavo di colpo come se stessi precipitando e non riuscissi ad aggrapparmi a niente.

Il giorno dopo, mio padre insistette per accompagnarmi in aeroporto.

Mi diede dei soldi e mi baciò sulla fronte. Lo guardai imbarazzata e incredula, come se avessi sedici anni e lui mi avesse accompagnata alla gita scolastica.

«Puoi tornare quando vuoi», mi disse e quella che abbozzò elegantemente, questa volta, fui io.

Puoi raccontare a te stesso che la tua famiglia è la migliore del mondo solo perché la solitudine e l'insoddisfazione sono difficili da diagnosticare a occhio nudo.

INIZIARONO così i mesi più belli della mia vita.

Raffaele era fuori dalla porta scorrevole degli arrivi.

«È tutto vero?» gli chiesi.

Lui mi afferrò le mani e se le portò prima sul viso, poi sulle spalle e sul petto.

«Se vuoi le faccio scendere... Così ti accerti subito che sia tutto vero!» mi provocò.

Iniziammo a ridere, a baciarci e a ballare. Il mio bagaglio rimase incustodito e a nessuno dei due importò. C'eravamo noi e avevamo un mondo da inventare.

Mi sistemai nel suo minuscolo appartamento, che però mi era molto più famigliare della casa in cui avevo vissuto con Luca e in cui avevo lasciato molte cose.

Raffaele mi trovò un posto come cameriera in uno dei ristoranti del proprietario del pub in cui lavorava anche lui e dopo qualche mese, quando l'inglese cominciava a diventare meno ostile, iniziai a cercare lavoro come insegnante di matematica. Trovai una scuola che dava lezioni di recupero a studenti di tutte le età. Lavoravo su prenotazione e riuscivo a guadagnare qualcosa facendo quello che amavo. Poi, l'insegnante del corso preserale rimase incinta e io mi proposi per prendere il suo posto. Le cose andavano come volevamo, in fretta, forse troppo, perché il tempo per stare insieme era sempre pochissimo, ma, appena Raffaele avesse terminato di frequentare le sue lezioni, saremmo riusciti a ritagliare più momenti per noi.

Spesso nei weekend, quando lui non aveva da studiare, andavamo al mare. La costa inglese però non smetteva mai di essere fredda e a nessuno dei due veniva in mente di fare il bagno, nemmeno quando la primavera stava per terminare e il sole era caldo al massimo della sua potenza.

Quella mattina mi alzai a fatica. Era domenica e finalmente potevamo concederci una gita o una passeggiata. Quando afferrai il telefono, trovai un messaggio. Era di Luca.

Mi dispiace averti abbandonata quella sera. Non avrei dovuto.

Quanto tempo aveva impiegato per scrivermi? Quanto gli era costato farlo? Provai a rispondere, ma la voce di Raffaele mi portò via.

«Hai bisogno di aiuto per farti la doccia?» mi disse con un sorriso ammiccante e nel giro di pochi secondi eravamo abbracciati sul letto, pronti ad amarci. Ancora.

Più tardi, avevo un forte mal di testa e chiesi a Raffaele di non uscire.

«Possiamo andare in auto», mi propose.

«Non abbiamo un'auto...»

«Possiamo noleggiarla.»

Avrei dovuto dire che non stavo bene o semplicemente che ero rimasta incinta, se solo lo avessi saputo, ma non lo potevo ancora sapere.

Impiegammo poco a salire su un'utilitaria che avremmo dovuto riconsegnare entro otto ore. Il tempo sufficiente per essere felici, pensai.

Non andavamo veloci, ma la strada era tortuosa e forse lui non la conosceva poi così bene. Forse l'ultima volta che aveva guidato era in Italia e sempre dall'altro lato. Forse dissi qualcosa di inutile prima che accadesse, prima che il mondo si capovolgesse e il fumo si diradasse dopo avermi intasato le narici.

Forse urlai dopo averlo visto riverso sul volante, forse riuscii a liberarmi e a prendere il telefono, forse il mio inglese fu così perfetto da far correre qualcuno da noi. Qualcuno che sapeva cosa fare.

Una donna cercava di farmi stare calma, ma io continuavo a spiegarle che dovevano tutti occuparsi di lui. Forse non era vero.

Forse, quando lo caricarono sull'ambulanza, il suo cuore batteva ancora e forse il chirurgo fece di tutto per salvarlo.

Quello che so è che, più tardi, le sue parole arrivarono incomprensibili alle mie orecchie e pochi minuti dopo mi ritrovai accasciata in un lago di sangue. Il mio.

Quando mi svegliai, un'infermiera mi guardava. Mi accarezzò i capelli. Impiegai qualche secondo a comprendere che non avevo sognato e fu come ingoiare una boccata di mare mentre cerchi l'aria.

Mi diedero qualcosa per calmarmi, altrimenti non potrei spiegare come riuscii a rimanere a letto.

Poi mi permisero di vederlo. I suoi genitori erano arrivati dall'Italia. Erano saliti sul primo aereo senza arrivare in tempo.

Si voltarono a guardarmi mentre tentavo di alzarmi dalla sedia a rotelle con cui mi avevano accompagnata da lui. In silenzio, il mio corpo iniziò a muoversi. I miei piedi si allineavano uno davanti all'altro come se camminassi sulla sabbia. Avevo la sensazione che tutto fosse immobile, anche il mio respiro, non solo il suo.

Esistono diversi stadi dello choc. Il primo arriva quando vedi l'uomo che ami rigido come un cadavere e non riesci a riconoscere l'immagine che di lui conservi nella tua testa: mentre ti cucina qualcosa, mentre si sfila la maglia prima di entrare in doccia o ti abbraccia pur essendo ancora tutto bagnato.

Mi accasciai su una sedia accanto a lui e posai la testa sul suo petto. Chiusi gli occhi per permettere alle mie orecchie di poter sentire anche il più lieve dei battiti.

Perché dopo arriva la speranza, che ti fa credere di essere stata l'unica testimone anche solo di un impercettibile movimento.

Fuori il sole spingeva attraverso le veneziane socchiuse come se fosse un richiamo alla vita.

Pronunciai il suo nome piano, aspettando una risposta. Il suo bellissimo viso era tutto tagliato. Cercai con i polpastrelli le ferite, chiedendomi dove avessi sbagliato, quando sarei dovuta intervenire, quando avrei dovuto dire di no.

Infine mi sfiorai la pancia e un ultimo scampolo di dolore mi colpì con una violenza così spietata da permettermi di piangere.

«Ero incinta... Dovevamo rimanere a casa... Ora alzati, apri gli occhi! Hai capito cosa ti ho detto? Possiamo sempre riprovarci...» gridai, incapace di accettare.

Credere che entro pochi secondi ti sveglierai dall'incubo in preda a un mal di testa da fumi dell'alcol si chiama rifiuto, e anticipa sempre la catatonia.

Qualcuno mi sollevò dolcemente e mi avvolse una coperta sulle spalle, poi una porta si chiuse tra noi. Per sempre.

Poche ore dopo, suo padre mi raggiunse nella stanza in cui l'infermiera mi aveva riportata. Ero rannicchiata su un lato e tenevo il lenzuolo arrotolato tra le mani, mentre fissavo il vuoto sopra al comodino. Mi avevano portato del tè con dei frollini al burro.

Quell'uomo si sedette sul mio letto e mise una mano sulle mie.

«Mi dispiace non poterti conoscere...» disse. «Se Raffaele ti ha amata tanto, devi essere una ragazza speciale.»

Non riuscivo a pensare a nulla da dire. Non c'era niente di speciale in me.

«Vorrei che tenessi questa... Aveva dieci anni ed era appena caduto dalla bicicletta. Si era fatto molto male, ma nonostante questo sorrideva. Ricordalo così e, se puoi, torna a sorridere presto. Lui vorrebbe questo per te... per tutti noi.»

La appoggiò accanto ai biscotti e se ne andò.

Non so quanto tempo trascorse prima che trovassi la forza di tirarmi su. Infilai la foto di un bambino sorridente dentro uno scomparto del mio portafoglio e chiamai mio padre.

Era come attraversare un vecchio luna park abbandonato. Le luci rotte e nessuna traccia dell'odore di zucchero e caramello. Camminavo su qualcosa destinato ad andare a pezzi, un tempo perduto dove gli specchi continuano a deformare la realtà a modo loro. Nessun grido di gioia misto a spavento, nessuna gonna che svolazza per i soffioni, nessun mostro che alla fine ti fa solo ridere. Ma se non si può appartenere a un mondo che non esiste, allora perché avevo la sensazione che tutta quella follia mi sarebbe mancata?

Sul taxi che mi portava in aeroporto, appoggiai la testa al finestrino e lasciai vagare lo sguardo senza riuscire a mettere a fuoco nulla. Non mi accorsi nemmeno che la mia tempia continuava a picchiare contro il vetro a ogni frenata, anche le più morbide. La terra scorreva veloce sotto ai miei occhi spalancati e doloranti. I pensieri erano secchi e disordinati, un misto di assenza e collera.

Abbassai la testa sulle mie mani. Tenevo stretto il foglio della dimissione. C'era scritto quello che mi era accaduto. Aborto spontaneo post trauma. Si consigliava il riposo e di non sottovalutare nessuna alterazione dello stato di salute. Lo fissai mentre le parole mi pungevano come frecce. Chiusi gli occhi chiedendomi che senso potesse avere tutto quello che era successo e come le cose possano davvero cambiare e invertire la rotta in pochissime ore. Accartocciai la carta tra le dita e me la infilai in tasca solo perché, per quanto fosse tutto ingiusto, non avrei mai avuto il coraggio di lanciarla dal finestrino dell'auto in corsa.

È una questione di cose non dette, come l'infedeltà.

Luca

AVEVO conosciuto il padre di Aurora solo al funerale della ex moglie. Mi aveva stretto la mano come se ci dovessimo accordare su una compravendita. Si era seduto in terza fila, né troppo vicino, né troppo lontano. Aurora non lo aveva praticamente degnato di uno sguardo e lui non ne sembrava turbato. Dopo la funzione, aiutai gli uomini delle pompe funebri a portare fuori la bara. Ci caricammo il peso di quella piccola donna sulle spalle e uscimmo dalla chiesa.

Io e Aurora salimmo in auto e seguimmo il carro funebre. Dietro di noi, una piccola processione fino al cimitero. Di suo padre, al nostro arrivo, non c'era traccia.

«Si sarà perso...» commentò ironica Aurora quando si accorse che avevo notato quell'assenza.

Per questo motivo e per molti altri che dipendevano dai racconti di Aurora, non fu semplice prendere quella decisione: subito dopo aver accompagnato Aurora in Inghilterra, contattai suo padre.

Lui mi accolse nel suo ufficio. Mi fece accomodare e mi offrì qualcosa da bere.

«Vorrei sposare Aurora», gli dissi senza troppi giri di parole, perché avevo capito che con lui non sarebbero serviti granché. Sfilai la scatolina con l'anello che le avevo comprato, sotto i suoi occhi divertiti.

«Non sono io che devo decidere», mi rispose.

Mi sentii come uno che si ritrova seduto a tavola e non ha le posate per servirsi.

«Ma lei è suo padre...»

«Sì, ma Aurora non mi appartiene.»

Appoggiai la scatola di velluto blu sulla scrivania e presi fiato.

«So che non siamo più nel Medioevo, ma sono qui perché amo sua figlia e perché mi piacerebbe che, nella famiglia che vorrei costruire con Aurora, ci fosse un posto anche per lei.»

«Senti, io sono felice che mia figlia abbia incontrato un ragazzo serio e un po' vecchio stile, ma il matrimonio è sempre una cosa tra due persone che ha solo un nome altisonante e, per quante siano le benedizioni che riceverete, sappiate che poi interverrà la vita, i problemi e magari anche la fortuna...»

Ero senza parole. Non mi aspettavo di certo che mi abbracciasse in lacrime o che mi implorasse di chiamarlo papà, ma nemmeno di sentirmi come se mi fossi infilato due scarpe diverse e tutti stessero ridendo di me.

«Il matrimonio è come un innesto. Prendi un ramo reciso e lo leghi a un albero cui hai tolto la corteccia e aspetti: ti sembra una cosa naturale?» mi domandò.

Io mi alzai di scatto e mi avvicinai all'uscita.

«Luca!»

Mi voltai, sperando che volesse dire qualcosa che avesse un senso o sapesse di pura circostanza o magari di appena affettuoso.

«Non dimenticarti l'anello: non è carino che qualcuno lo veda prima di lei.»

Afferrai la scatola e mi dileguai. Mentre camminavo

per la strada, continuavo a pensare a quel ramo reciso e a quell'albero senza corteccia.

Aurora e io.

Nei mesi successivi, cercai di archiviare l'episodio del padre e mi ripromisi di non parlarne mai ad Aurora. Mi concentrai sul lavoro. Aurora sarebbe rientrata dopo qualche mese e da quel momento avremmo iniziato a cercare location adatte e a pensare a una data che rimanesse nostra per sempre. Quando la sentivo al telefono, cercavo di non far trapelare le mie intenzioni, perché lei non intuisse nulla, perché fosse una sorpresa.

Quando rientrò, sembrava diversa: per un attimo pensai che suo padre le avesse svelato i miei propositi e questo l'avesse spaventata. Forse la storia dell'innesto, del tronco reciso legato per anni a un albero in attesa di riprendere vita aveva toccato i suoi tasti più paterni. Pensai di aspettare un po', di lasciare che si riabituasse alla vita di tutti i giorni, all'assenza di sua madre e alla nostra vita insieme. Mi domandai se fosse giusto attendere che anche lei avesse un lavoro. Elaboravo dei piani, ma il desiderio di chiederle di sposarmi mi rese impaziente.

Il giorno dopo prenotai nel più bel ristorante della città. Un tavolo appartato e discreto. Mi infilai la scatola in tasca, mi immaginai mentre scivolavo in ginocchio per farle la proposta, mi chiesi se sarebbe stato più bello afferrarle la mano e semplicemente infilarle l'anello al dito cercando di cogliere tutte le espressioni del suo viso mentre l'emozione paralizzava il mio.

Dicono che le persone portino tutto scritto in volto, basta saperlo leggere.

Poi arrivò il dolce, e le sue parole: «Voglio tornare a Londra».

Lei aveva fatto la sua scelta. Lo capii dal suo modo di porsi, dalla postura delle spalle, dalla linea squadrata che le si formò tra il collo e il mento. Aveva già deciso come sarebbero andate le cose da lì in poi, proprio come un giudice avrebbe emesso una sentenza.

Punto.

La mia rabbia si era gonfiata come fumo denso e soffocante e, come un'apparizione, in quella nebbia, la vidi. Una ragazzina adombrata, troppo giovane o troppo immatura, e per un attimo provai il desiderio di spingere il tavolo contro di lei per farle male.

«Se vuoi andartene, fallo subito», mi limitai a dire, e me ne andai. A ogni passo avvertivo la scatola di velluto blu rimbalzare nella tasca. In auto ripensai alla linfa piena di vita che grondava da Aurora e alla mia corteccia scorticata che mi rendeva così vulnerabile, e mi abbandonai al pianto. Le versai tutte, le mie lacrime, anche quelle che avevo dimenticato negli anni indietro, quando avevo perso il mio cagnolino alle elementari o ero arrivato ultimo al torneo di tennis. Erano tutte lì, come qualcosa di innaturale. Pensai che doveva esistere un vocabolo per spiegare quel momento, quando resti sorpreso per qualcosa che ti sembra improvvisamente inevitabile.

Quando mi resi conto di quello che avevo fatto, tornai indietro. Vagai per le strade sperando di incontrarla e poi entrai al ristorante.

I dessert che avevamo ordinato erano ancora sul nostro tavolo. Il mio tovagliolo per terra, mentre il suo era stato ripiegato con cura e appoggiato accanto al piatto. La candela che le aveva illuminato gli occhi per tutta la cena resisteva ostinata. Più di me.

«Ha preso un taxi», mi disse il cameriere e la cosa mi consolò. La immaginai a casa e per quel breve tragitto tornai in me, pieno di speranze e di passione, ma l'appartamento era immerso nel buio. Lo conoscevo come le mie tasche e sapevo avvertire la presenza di Aurora ancora prima di aprire la porta.

Lei non c'era.

INCONTRAI Celeste al supermercato. Non avevo notizie di Aurora da settimane e mia madre, che ancora non sapeva nulla, mi aveva invitato a cena. Avevo mascherato l'assenza di Aurora con un prolungamento del corso di inglese.

«Le conviene perfezionarsi», avevo balbettato al telefono. «Presto andrò a trovarla.»

Avevo un immenso bisogno di prendere tempo. Raccontare la verità sarebbe significato doverla accettare, perché un conto è sentire amore, un altro è capirlo.

Stavo girando tra gli scaffali dei vini cercando qualcosa che potesse piacere a mia madre, quando lei mi chiese di poter passare. Aveva un'uniforme verde.

«Prenda questo, piace alle donne», mi disse.

«È per mia madre», mi affrettai a dire.

«Immagino sia una donna anche lei.»

Le sorrisi e afferrai la bottiglia.

«Aspetti, controllo se ne abbiamo una in frigo.»

Quando tornò con la mia bottiglia avvolta nella carta velina, la osservai.

Aveva un fisico asciutto e attraente. I capelli rossi legati in modo disordinato e l'aria di chi non vede l'ora che il turno finisca.

Tornai lì anche il giorno dopo e poi il successivo. Acquistavo poche cose alla volta, quelle che riuscivo a mangiare prima di buttarle nella spazzatura.

«Posso invitarti a cena?»

Celeste era alle mie spalle.

Quando mi voltai, la vidi arrossire.

«Mi sembri solo. Oppure, se hai una fidanzata, deve essere una che mangia davvero poco.»

«Sì», risposi.

«Cosa?»

«Sì, puoi invitarmi.»

Mi scrisse il suo indirizzo sulla scatola dei biscotti, che poi dovetti comprare, e mi sorrise finché non la vidi sparire dalla corsia dei dolci.

«Sei elegante», commentò quando venne ad aprirmi la porta.

«Anche tu», le risposi allungandole un mazzo di fiori e un pacchetto con dei pasticcini.

Ci scambiammo un bacio sulla guancia e io mi sedetti sul divano. Rimasi solo mentre lei si rifugiò in cucina a prendere qualcosa da bere. Avevo il viso di Aurora davanti, il suo odore nel naso e la sua voce nelle orecchie. Mi alzai di scatto e andai in cucina. Potevo dirle che non ero pronto per stare con un'altra donna, che non dipendeva da lei ma che avrei finito col fare del male a tutti. Avrei potuto e invece la afferrai tra le braccia e la baciai. Baciai le labbra, il collo, le spalle. Le accarezzai il corpo fino a dove me lo concesse. Lei spostò leggermente la testa e fu come sniffare una droga che va subito al cervello. La trascinai sul divano e mi sdraiai su di lei. Volevo farlo, desideravo possederla, ma non come avrebbe fatto uno che ha il cuore spezzato e non riesce a non pensare alla propria ex, volevo farlo come un ragazzo che ha appena incontrato una donna da cui è attratto e desidera solo farla stare bene. Volevo fare bella impressione, ma fu lei a prendersi cura di me. Attese che la mia foga si calmasse e mi portò in camera da letto, lì mi toccò dappertutto, con le dita e con le labbra seminava amore in ogni centimetro di pelle, facendo bruciare d'attesa tutto il resto del mio corpo.

Mi portò le dita vicino alla bocca e io iniziai a baciarle. Mi domandai come una donna che faceva il suo mestiere potesse avere delle mani così piccole, come quelle di Aurora.

Il pensiero mi smosse qualcosa e mi irrigidii.

«Tutto bene?» mi domandò la mia amante.

«No», risposi mettendomi a sedere.

Ma Celeste non si lasciò intimidire.

«Vieni qui...»

Mi avvolse ancora tra le sue braccia e mi regalò l'oblio.

La sentii chiamarmi «tesoro» e graffiarmi la pelle.

Mi sentivo in colpa. Sapevo che non avrebbe dovuto essere così, ma una parte di me faceva fatica a guardare la propria immagine riflessa nelle vetrine dei locali che mi scorrevano accanto rientrando a casa.

La incontrai sul portone. Era la mia vicina. Stava piangendo davanti alle cassette della posta. Me ne accorsi dall'inclinazione della testa e dalla speranza che i capelli la proteggessero dal mondo.

Non riuscii ad andare oltre. Non la superai per raggiungere l'ascensore. Rimasi lì a fissarla come uno incapace di farsi i fatti propri.

«Se n'è andato...» sussurrò e fu sufficiente per farmi colpire da un brivido. Io sapevo. Avrebbe potuto anche smettere di parlare. Non aggiungere altro. Io sapevo.

«Ti va un caffè?» le proposi, perché avevo un disperato bisogno di entrare nella vita di qualcun altro.

Lei sgranò gli occhi.

«Al bar...» specificai allungando una mano e portandola fuori come se fosse una bambina da consolare dopo una caduta dalla bicicletta.

Credo che ascoltare le sue parole – il racconto spietato di un uomo che fugge come se in casa fosse scoppiato un incendio, senza però preoccuparsi di mettere in salvo anche sua moglie e suo figlio – mi aiutarono ad aprirmi, a parlare di Aurora. Per la prima volta da quando se n'era andata, a una persona che conoscevo appena.

Il giorno dopo mi presentai alla sua porta.

«Luca...»

Era stupita di vedermi.

«Questi sono per te», le dissi allungandole una busta con del denaro.

«Non posso accettarli», mi rispose dopo aver fatto rimbalzare lo sguardo da me ai soldi diverse volte.

«Ne hai bisogno. Me li restituirai quando avrai trovato un lavoro.»

La guardai piangere.

«Non so cosa dire...» ripeteva.

«Non devi dire nulla. Esci a comprare qualcosa di buono per cena per il tuo bambino. La vita deve essere questa e non quell'altra cosa là.»

Mi allontanai prima di sciogliermi in lacrime insieme a lei e prima di avere la piena consapevolezza che entrare nella vita di qualcun altro non aiuta ad alleviare i propri sensi di colpa.

Tornai da Celeste, la settimana successiva e poi anche quella dopo. Consumavamo atti d'amore prima di ogni altra cosa, poi ci preoccupavamo di cenare e ubriacarci. In un certo senso, era quello di cui avevo bisogno. Un mondo parallelo in cui rifugiarmi per un po'.

Tutto filò liscio fino a quando mi chiamò il padre di Aurora. Le avevo inviato un messaggio solo il giorno prima; il tempo passava, ma la voglia di lei rimaneva immutata nonostante Celeste e la vita che cercavo di abitare.

«Puoi andare a prenderla in aeroporto?» mi domandò lui come se nulla fosse, come se Aurora non mi avesse lasciato di punto in bianco per andare da uno sconosciuto in un altro Paese, o forse, come se per quell'uomo non fosse poi così grave.

«Ho detto che Aurora torna!» continuò.

«Perché?»

«Lui è morto e lei è stata ricoverata in ospedale, ma sta bene. Hanno avuto un incidente, è la tua occasione!»

«Ma cosa sta dicendo?»

«Ma non eri tu quello che la voleva sposare? Amare per sempre? Onorarla finché morte non vi separi? Non vorrai dirmi che stavi scherzando quel giorno...»

«Ma sono cambiate molte cose...»

«Quali? Lei ti ha tradito? Allora il perdono non è contemplato nella tua idea di matrimonio, è più un 'ti amerò finché farai quello che dico io'. Bene, così mi piaci. Io l'ho sempre pensata nello stesso modo.»

Ero di nuovo senza parole. Quell'uomo aveva la capacità di zittirmi. Riusciva a mettermi in difficoltà.

«Sai cos'è davvero un matrimonio?» mi domandò.

«No, ma immagino che lei lo sappia, invece.»

Sbuffò una risata e poi rispose: «Significa accettare i propri limiti. E, anche se non sarà facile, il vostro innesto può ancora attecchire».

Rimasi sveglio tutta la notte. Non riuscivo a pensare a qualcosa di preciso. Lui era morto, lei era ferita.

Non sapevo cosa avrei trovato all'aeroporto ma, da quando avevo ricevuto quella telefonata, sapevo che avrei fatto di tutto per andare a prenderla. Aurora stava per tornare e tutto il resto non avrebbe più avuto importanza.

Non separi l'uomo ciò che Dio ha unito.

Aurora

Lo feci di nuovo, tornai in Italia. Ogni volta sembrava più difficile. Rimasi per tutto il volo con la testa appoggiata al finestrino. La hostess mi chiese se desiderassi qualcosa di caldo, ma io non risposi. L'atterraggio fu così delicato che mi accorsi di essere arrivata solo quando le persone avevano già iniziato a scendere. Mi alzai a fatica, avvertivo dolori a ogni passo.

Quando le porte si spalancarono davanti a me, lui era lì.

Luca, non mio padre.

Mi bloccai e dovetti chiudere le palpebre. Era troppo vederlo lì. Non lo meritavo, ma non avrei avuto la forza di dare nessuna spiegazione.

Ci guardammo negli occhi. Nessuno dei due si sentiva realmente a proprio agio. Aveva deciso di darmi un'altra possibilità. Forse era stato proprio mio padre a chiederglielo.

L'ultima volta che ci eravamo visti eravamo seduti in un ristorante mentre la luce fioca della candela disegnava la morte sul suo volto. Ora, non c'era bisogno di nessun artefatto per vederla sul mio.

«Come ti senti? So che è una domanda stupida, ma non so che altro dire...» sussurrò.

«Potresti dirmi che sei felice di vedermi», gli risposi.

Si avvicinò, mi abbracciò con delicatezza e mi prese la valigia. Io lo lasciai fare, non avevo scelta.

In quel momento, mentre lui si muoveva lentamente verso l'uscita, mi resi conto che quello che stavo guardando era anche tutto quello che avevo. Un ex fidanzato a cui avevo spezzato il cuore.

Durante il viaggio verso Genova si mise a piovere. Nonostante fosse caldo, un temporale sembrava voler raccontare al posto mio come mi sentissi.

Il nostro appartamento pareva diverso, come se volesse presentarsi capace di cancellare i mesi della mia assenza. Luca aveva spostato il divano, aveva cambiato alcune luci e aveva finalmente acquistato una libreria che donava ordine ed eleganza allo spazio.

La temperatura era accogliente. Non faceva troppo caldo.

«Metto le tue cose di là», mi comunicò. Non c'era bisogno di dire dove. «Di là» era un luogo preciso che aveva un'anta e dei ripiani.

«Ho cambiato le tende in bagno perché erano diventate gialle. Hai fame? Sete? Ti preparo dei lamponi con la panna? Un tè?»

Le sue parole rimbalzavano nella normalità di una stanza mentre le mie si rintanavano.

«Oddio, ma sei bollente!» esclamò dopo avermi sfiorato un braccio e poi la fronte.

Poco dopo, mi ritrovai avvolta in un pigiama, sotto le coperte. Mi lasciai scivolare in un mondo nero. Camminavo alla ricerca di qualcosa, forse una porta, senza trovarla. Ogni tanto sentivo qualcuno che mi diceva di bere e di mandare giù qualcosa. Poi, ci furono altre voci. Era come se non fossi mai sola ma non avessi la forza di aprire le palpebre. Continuavo a vagare per lunghi corridoi, pieni di porte chiuse, e a muovermi come se avessi qualcuno alle spalle. Ma, quando mi voltavo, non vedevo nessuno.

Non so quanto tempo trascorse tra la veglia e il nero dei miei sogni.

«Ehi, stai meglio? Te la senti di alzarti? Ti ho preparato l'acqua calda nella vasca», mi disse Luca.

Mi scostò le lenzuola e mi aiutò a scendere. Mi tolse il pigiama. Io mi muovevo nuda davanti a lui come se fosse normale, come avevo sempre fatto.

Mi immersi nella schiuma e lui si sedette sul bordo. Afferrò una spugna e iniziò a strofinarmi delicatamente la schiena, poi prese la doccia e mi bagnò i capelli mentre io mi chiedevo se le mie lacrime fossero ancora in grado di nascondersi.

«Come fai a essere così?» chiesi, ma in fondo non volevo la sua risposta.

Era iniziata la cura.

Ci volle tempo. Giorni che rubavo alle nostre vite, giorni da ladra. I miei occhi rimanevano fissi al soffitto mentre le ore mi ruotavano intorno, la notte si faceva alba. Luca si alzava, preparava la colazione, appoggiava la mia sul comodino, andava a lavorare, tornava, portava via il mio caffè freddo e i biscotti intonsi, mi accarezzava la fronte e mi chiedeva se desiderassi qualcosa.

Io chiudevo le palpebre e mi giravo dall'altra parte, nascondendo la testa sotto le coperte. Ascoltavo i rumori della casa, i suoi, mentre cercava di tenersi stretto la normalità di una vita che non aveva ancora finito di subire violenza.

Passarono alcune settimane. Io insistevo per trascorrere le mie giornate a letto. Mangiavo poco, ma consumavo ancora meno. Luca apriva le finestre per far entrare la luce ogni mattina. Io attendevo che lui fosse uscito per avvicinarmi al davanzale e chiuderle. Ogni tanto, però, sbirciavo fuori. Un passante, un cane, il volo di un uccello, un'auto parcheggiata, un'altra con la freccia per svoltare. La vita si muoveva e lo avrebbe fatto anche senza di me.

Ogni sera, al suo rientro, Luca veniva a chiedermi come mi sentissi. Poi socchiudeva la porta e andava in cucina.

Una sera mi alzai. Sbirciai al di là della mia stanza buia.

Lui era lì. Guardai la tavola. Era apparecchiata per due. Una parte di me avrebbe voluto spalancare la porta, lasciarsi avvolgere dalla luce al neon della cucina e sedersi di fronte a lui, l'altra però la chiuse di nuovo e si attorcigliò alle lenzuola in attesa che accadesse qualcosa. Era così ingiusto vederlo lì per me, ed ero così ingiusta io lì per lui.

Mi chiesi se sarei mai potuta tornare indietro, tornare al prima. Se la mia vita potesse assomigliare all'interruttore di una luce che si può spegnere ma anche riaccendere, o se non fosse altro che una funzione unidirezionale impossibile da invertire, come due vernici che una volta mescolate saranno per sempre un nuovo colore, o il guscio di un uovo che una volta rotto non tornerà mai più alla sua funzione protettiva.

Un giorno, ascoltai dei rumori diversi provenire dalla cucina.

Istintivamente mi alzai dal letto, ma poi mi bloccai. In testa mi si mossero diverse immagini, tuttavia la paura fu rassicurata dalla familiarità di quei movimenti.

Sbucai dalla porta della camera.

Era Anita, la madre di Luca.

«Buongiorno Aurora!» esclamò.

Non mi disse altro. Nessun «come stai?» o «come ti senti?» o «sei troppo magra». Non mi riversò nessuna frase inutile addosso.

«Luca non ti ha detto che sarei passata... Non volevo spaventarti», si limitò a dire piegando un tovagliolo.

Io la guardai aprire il frigo e strillare: «Oh, no!»

Mi avvicinai incuriosita per capire cosa l'avesse turbata tanto.

«Tutta questa frutta sta andando a male, che spreco!» mi rimproverò.

La tirò fuori e la posò sul tavolo. Aprì il cassetto e afferrò due coltelli.

«Possiamo solo farci una macedonia con quello che riusciamo a salvare: tu dividi i lamponi buoni da quelli andati, io penso alle pesche.»

Rimasi immobile a fissarla, mentre prendeva una grossa ciotola in cui spezzettava la parte sana della frutta che Luca aveva comprato in quei giorni nella speranza che io la mangiassi.

Alzò lo sguardo su di me e un brivido mi spinse a iniziare il mio lavoro. Indossava una gonna grigia, una camicetta a fiori e un pullover blu polvere. L'avevo sempre vista vestita con quei colori. Una specie di marchio di fabbrica del conforto.

Quella donna, la madre dell'uomo che avevo ferito, fece qualcosa di inaspettato. Posò il coltello e allungò una mano sulla mia. Era fredda. La osservai, si vedevano le vene e le ossa.

«Mi dispiace», mormorai appena, mentre le lacrime prendevano il sopravvento.

«Lo so, ma un giorno ti stupirai di quanto la vita si sarà presa cura di te. Tu lasciala fare...»

* * *

Quando ebbi finito con i lamponi, pensai alle banane.

«E questo cosa diavolo è?» mi chiese facendo roteare tra le mani un grosso pomo violaceo con la buccia spessa.

«Maracuja», esclamai come se avessi riconosciuto un amico.

«Cosa?»

«È un frutto tropicale. Lo chiamano anche frutto della passione. Luca lo adora!» risposi e quelle furono le prime parole che pronunciai da quando ero tornata a casa che non fossero dedicate a Raffaele.

«Frutto della passione? Oh, cose da giovani!» esclamò mettendosi a ridere.

La guardavo mentre il suo ragionamento continuava: «Se lo avessi scoperto ai miei tempi, forse non avrei trascorso tutte quelle serate a guardare le partite...»

E fu così teatrale che mi misi a ridere anch'io.

«Ma anche quello fa parte della vita», concluse volgendo lo sguardo fuori dalla finestra.

Quella sera, quando Luca rientrò a casa, trovò la macedonia sul tavolo.

Avevo apparecchiato per due. Lui lasciò cadere la sua borsa e si avvicinò lentamente come se avesse paura di vedermi scappare.

«Tua madre mi ha aiutato a preparare anche una frittata di spinaci.»

Mosse la testa con la stessa espressione di chi si trova davanti un miracolo anziché il tentativo di salvare gli avanzi di un frigorifero.

«Ti andrebbero delle crêpe alla frutta? Ti va di aiutarmi?» mi chiese, sempre tentando di indovinare la cosa giusta da dire.

Annuii e mi alzai.

Luca fece sciogliere il burro nella padella e la casa si inondò del suo profumo, facendomi tornare l'appetito. Rovesciò la pastella e mi chiese di roteare il manico perché l'impasto prendesse una perfetta forma rotonda, mentre lui stappava una bottiglia. Annusò il tappo, sorrise e lo versò in due bicchieri.

«*Et voilà*», disse mettendo tutto in tavola e allungando un bicchiere verso di me.

I suoi occhi brillavano e forse un po' anche i miei. Facemmo tintinnare i calici e iniziammo a mangiare frittata di spinaci ed eleganti crêpe alla frutta.

Forse la cura stava iniziando a fare effetto.

Un buon rapporto di coppia si basa sempre sulle cose che uno sa e che l'altro ignora.

I MIEI genitori si erano conosciuti perché mia madre aveva dimenticato la sciarpa in un bar. Si era seduta per poco, solo il tempo di un caffè che, secondo la tradizione, doveva essere onorato evitando di stare in piedi come fanno quelli che hanno fretta. Così aveva srotolato la stola di lana che teneva stretta al collo e l'aveva appoggiata alla sedia. Aveva girato lo zucchero senza nemmeno accorgersi degli occhi che la stavano ammirando e, una volta terminato, aveva allungato la tazzina vuota sul bancone ed era fuggita, perché un po' di fretta l'aveva davvero.

Lui l'aveva rincorsa per riportarle la sciarpa e, mentre la guardava arrossire, le aveva domandato come avrebbe potuto rivederla. Mamma, anni prima che lui se ne andasse, mi confessò che, quando si era voltata sul marciapiede, aveva riconosciuto l'uomo dei suoi sogni.

«Dimenticare le cose porta fortuna», mi ripeteva ogni volta che mi raccontava questa storia.

Poi, quando lui era sparito per andare a vivere con un'altra, mia madre aveva semplicemente smesso di ricordare quell'episodio come se lo volesse cancellare.

Una notte, però, la trovai davanti al televisore. Aveva tolto l'audio per non disturbarmi. Rimasi a fissare la sua testa spuntare dal divano. Aveva pianto, ne ero certa senza bisogno di vedere le lacrime solcarle il viso. Davanti a lei c'era una famiglia che saliva in auto e salutava con gioia, poi comparve una donna felice di sfornare dolci da mettere in tavola per il marito e i figli affamati. Quando compresi che tutto quel dolore nasceva da una strategia di marketing finalizzata a vendere un'auto nuova o un efficiente elettrodomestico, mi avvicinai per spegnerlo. Era un mondo che la mia mente non riusciva nemmeno a concepire, ma quella di mia madre sì. Questo era evidente. E le mancava.

Mi avvicinai e dissi in un sussurro: «Per ogni retta *r* e ogni punto P del piano esistono più rette passanti per P e parallele alla retta *r*».

Lei si destò come se l'avessero colpita con qualcosa di appuntito.

«Ma cosa stai dicendo? È assurdo!»

Poi, abbassando lo sguardo, aggiunse: «Esattamente come me, vero? Vuoi dire questo?»

«No, mamma. Assurdo è vederti soffrire così per lui, dovresti odiarlo.»

Mia madre si asciugò gli occhi e cercò i miei.

«Mi dispiace che tu veda solo questo, ma il mio star male ha un senso. Tuo padre non è solo la fonte di tanto dolore.»

«Non capisco...»

«Lui è anche la mia memoria.»

«Cosa?»

«Ci sono momenti che conosciamo solo noi due e per lo più riguardano te. Quando un giorno inizierò a dimenticare, chi potrà ricordarmi i tuoi primi passi e i tuoi primi sorrisi? Solo lui...»

Mi vennero i brividi e in quel preciso istante compresi

che, per quanto la matematica fosse utile alla vita, difficilmente me l'avrebbe spiegata.

Negli anni successivi, non sentii più mia madre raccomandarsi di non dimenticare nulla.

Voleva fare l'insegnante di matematica, ma quell'amore, quella dimenticanza, le avevano cambiato le prospettive. Io ero arrivata troppo presto e lei aveva deciso di abbandonare gli studi.

Quando mio padre ci lasciò, io frequentavo le scuole medie. Era il 1992. Fu come assistere alla magia di un prestigiatore, quando sei certo che ci sia un trucco ma sei troppo impegnato a guardare in un'altra direzione per svelarlo. Così, lui sparì.

All'inizio mamma e io non ne parlavamo mai. Facevamo finta di nulla. Poi, lei piangeva al buio e io mi chiudevo in bagno per non sentirla.

Un giorno, però, decisi di non andare più a scuola. Ero al primo anno delle superiori ed ero convinta di poter decidere del mio futuro. Avrei potuto iniziare un lavoro qualsiasi, anche se non ero praticamente capace di fare nulla. Mia madre attese una settimana prima di riaccompagnarmi a scuola. Camminavamo ogni mattina insieme e poi la ritrovavo lì, davanti al portone, al termine delle lezioni.

Lei scandiva tempi e orari, diritti e doveri. Insomma, mi educava.

«Se non mollo io, non devi farlo nemmeno tu», mi sussurrò all'orecchio una sera prima di andare a dormire.

Di mio padre sapevamo tutto. Girava per la città con un'altra donna e frequentava gli stessi posti che un tempo erano appartenuti a noi, ma, quando si faceva vivo, assumeva l'aria affranta dell'uomo disperato che sta naufragando nel dolore.

Un giorno, lo ricordo alla perfezione, smise semplicemente di farmi pena e iniziò a farmi rabbia. Attraversai la sala e mi scagliai contro di lui, che mi aspettava per portarmi a mangiare una pizza veloce tanto per scaricare la coscienza – e forse anche la ricevuta del ristorante.

Mia madre si portò le mani alla testa, mentre io gridavo che mi faceva schifo. Sì, mia madre tentò di calmarmi, mentre lui scrollava il capo come avrebbe fatto qualcuno che irrompe in una stanza dopo che è stata messa a soqquadro dai ladri. Poi uscì sbattendo la porta.

Mia madre entrò in cucina e preparò dei toast. Non aveva fatto la spesa, perché non pensava che sarei rimasta a casa.

«Volevo laurearmi in Matematica», mi confessò.

Si era iscritta e aveva dato una parte di esami quando scoprì di essere incinta; mio padre l'aveva rassicurata: si sarebbe preso cura di lei. Quella sera, lei alzò gli occhi al soffitto e la luce si rifletté su una piccola lacrima.

«Avrei potuto fare di più per te se non gli avessi creduto...»

Era la prima volta che la sentivo prendere una posizione verso l'uomo che l'aveva distrutta.

Il giorno dopo andai a scuola da sola. Le chiesi di non accompagnarmi e lei fece un passo indietro sulla soglia di casa. Quando, qualche ora più tardi, rientrai, trovai pollo arrosto e patate fumanti. Ci sedemmo l'una di fronte all'altra. Mia madre fece tintinnare il coltello e la forchetta che teneva in mano e, dopo avermi sorriso, porzionò il cibo nei nostri piatti.

Quel momento rimase impresso nella mia mente per sempre. Come si può passare dal toccare il fondo a salire al settimo cielo in pochi istanti?

Non lo so, ma potrei spiegare il contrario.

Mia madre si ammalò qualche anno dopo. In realtà, la malattia c'era già, ma non si poteva sapere. Iniziò a lottare come una leonessa. Le terapie funzionavano anche quando sembravano capaci di ammalarla ancora di più. Fu operata e arrivò un periodo di quiete, poi di nuovo nella tempesta. Mi diplomai a fatica con una madre le cui funzioni vitali sembravano sempre appese a un filo. Mio padre nel frattempo aveva lasciato anche la donna per cui ci aveva abbandonate e questo non fu d'aiuto. Se, da un lato, avrei voluto vederla morire, dall'altro, l'idea che fossimo state barattate per qualcosa di durevole mi avrebbe consolata. Invece non era stato così.

Nel corso degli anni, mi avrebbe telefonato e portato fuori a cena ogni tanto. Fu mamma a chiedermi di essere più indulgente. Era come se sapesse che, *dopo*, mi sarebbe rimasto solo lui.

Intanto, mio padre aveva iniziato a ripetere che gli mancavo. Spesso avevo la sensazione che non fosse in grado di distinguere tra i sentimenti che provava per me e per le sue amanti. Era come se riuscisse ad amare tanto ma per poco e poi dovesse ricominciare, e io mi domandavo come le donne potessero credergli; poi rivolgevo a me la stessa domanda. Come facevo a essere certa che non fosse tutto vero?

Era un uomo in gamba, un gran lavoratore, ma riusciva ugualmente a farmi pena. Lo guardavo mentre mi raccontava delle sue vacanze al mare con una donna di quindici anni più giovane di cui si era follemente innamorato a una cena aziendale.

«L'hanno appena assunta, ma ha grandi potenzialità! Sai, è laureata...»

Con il tempo, compresi che quella era la frase con cui si permetteva di nuotare verso il salvagente.

«E perché si è messa con uno come te?» gli domandai una sera.

«Cosa vuoi dire?»

«È laureata, intelligente, giovane e molto brillante da quello che racconti: perché butta via il suo tempo con uno come te? Tu non sei niente di tutto questo. Guarda che fine ha fatto la mamma», lo sfidai.

Lui appoggiò la forchetta sul piatto e si pulì la bocca con il tovagliolo.

«Tua madre ti ha fatto il lavaggio del cervello», mi rispose.

Avvertii la rabbia montare dentro il mio ventre come un pane in lievitazione.

«Posso farti una domanda, papà?»

«Dimmi...»

«Credi che gli uomini siano tutti come te?»

«Cosa vuoi dire?»

«Voglio solo sapere cosa mi aspetta.»

«Tesoro, io me ne sono andato perché...»

«Veramente non mi interessa sapere perché sei andato via, vorrei sapere perché non sei rimasto», lo interruppi, evitando di specificare che evidentemente io non ero stata un motivo sufficiente per restare, ma lui non lo capì.

«Tu avrai grandi cose se solo...»

«Cosa? Se solo non assomiglio a mia madre? Se solo mi lascio trattare come vogliono gli altri e se mi faccio portare a letto da un poveraccio che molla moglie e figlia soltanto per sentirsi ancora giovane?»

«Quello che c'è stato tra me e tua madre non dovrebbe essere argomento di conversazione tra noi.»

«E perché?»

«Perché sono cose nostre.»

«Cosa c'è di vostro? Illuminami, ti prego! Cosa c'è che non dovrei sapere? Che sei corso dietro a una e poi a un'altra che non sarà certo l'ultima e speri di addossare tutta la colpa a lei?»

Ero prossima al pianto, ma non volevo che fosse sempre a causa sua. Avevo costruito un muro intorno ai miei sentimenti e odiavo l'idea che lui riuscisse a scavarci un varco così velocemente.

«Non voglio nemmeno pensare a cosa ti deve aver raccontato. Finiamola qui.»

«Vuoi sapere la verità? Lei non mi ha mai raccontato niente, perché, se l'avesse fatto, io ora non sarei qui, come ogni altra scema, a elemosinare un pezzo di attenzione da te. Quello che mi dispiace di più è che sia stata lei ad ammalarsi al posto tuo.»

Mio padre spalancò gli occhi e io mi alzai di scatto. L'avevo detto. Era qualcosa di impronunciabile che mi era scivolato dalle labbra come se fossero state lubrificate. Non ero pentita, ma sapevo anche che non avrei dovuto dargli il tempo di riprendersi il suo spazio. Se fossi rimasta lì, lui avrebbe trovato il modo di spiegare la mia rabbia e il mio dolore. Cose di cui non sapeva nulla sarebbero diventate di sua proprietà. Così, afferrai la borsa e la giacca e mi diressi verso l'uscita. Tornai a casa in autobus e, quando incrociai mia madre in salotto, mi limitai a dirle che era andato tutto bene, ma che la stanchezza era troppa per non conquistare subito il letto. Non dormii molto. Fissai il soffitto, chiedendomi dove fossero finite le stelline luminose che proprio mio padre ci aveva incollato quando ero molto piccola.

Qualche settimana dopo, mio padre mi telefonò.

«Come stai, tesoro? Tutto bene?»

Come se niente fosse.

Una mancanza che ti sbrana da vicino, ecco che cos'è la distanza.

Accadde un giorno. Qualcuno suonò il campanello. Attesi, sperando che la scocciatura desistesse.

Quando infine aprii la porta, mi trovai davanti la vicina del piano di sotto. La riconobbi appena.

Lei sgranò gli occhi e mi chiese di Luca.

Io mi irrigidii.

«Volevo solo restituirgli questi...» mi disse allungandomi una busta.

«Cosa sono?» le domandai con un tono di sgarbato stupore.

«Una parte dei soldi che mi ha prestato...» mi rispose con la timidezza di chi teme di aver sbagliato i tempi.

«Le ha prestato dei soldi?»

«L'anno scorso mio marito se n'è andato e la situazione si è fatta difficile. Ho impiegato un po' a trovare un lavoro e a rimettermi in sesto. Luca è stato l'unico a darmi fiducia e io ho mantenuto la promessa, glieli avrei restituiti.»

«Sono senza parole...» mormorai come se non avessi davanti nessuno, come se quella piccola donna non stesse combattendo il più intimo degli imbarazzi. «Sono contenta», riuscii solo a balbettare. «Sono contenta che ci sia riuscita.»

«Luca è una persona speciale.»

Avrei dovuto saperlo, e invece lo stavo imparando dalle parole della vicina di casa.

«I soldi sono stati fondamentali. Trovare qualcuno che ti aiuta a sfamare tuo figlio quando tu non ce la fai è quasi un miracolo. Ma il suo fidanzato ha fatto anche altro.»

La guardai come se mi aspettassi che dalle sue labbra potesse uscire qualsiasi cosa.

«Qualche volta si è occupato di Matteo, mio figlio, perché io potessi avere una serata libera. Dubito di poter quantificare una cosa del genere, probabilmente dovrei vendermi un rene per ripagarlo di quello scampolo di serenità. Non ho mai incontrato una persona così sensibile. Lei è una donna fortunata; e lui, da quando lei è tornata, sembra un altro.»

«Cosa vuole dire?»

«Lo vedo sorridere di più. Sa, abbiamo trascorso qualche sera a parlare di noi, della vita; per lo più io piangevo, a dir la verità. Ma lui aspettava il suo ritorno.»

Rimasi con la porta spalancata sul pianerottolo anche quando di lei non ci fu più traccia. Fissavo il ballatoio, guardavo la ringhiera mentre tentavo di trovare un luogo dove ricoverare tutta quell'emozione.

Poco dopo, sola nella mia cucina, cercavo di mettere ordine nei sentimenti del mio cuore. Non avrei mai creduto che incontrare una persona, parlarle per così pochi istanti potessero commuovermi tanto. Mi sentivo trasportata in un'altra dimensione e in quel momento avrei potuto essere ovunque. Non mi sarei mai aspettata quelle parole e nemmeno il tono così dolce con cui furono pronunciate. Mi avevano inorgoglita. Avevo vicino un uomo capace di essere d'aiuto agli altri. Non era semplicemente una persona ben educata e corretta, non era uno di quelli che offrivano aiuto solo per mettersi in pace la coscienza. No, Luca era un uomo desideroso di alleviare il dolore degli altri e l'idea di aver disprezzato il suo amore mi diede una vertigine.

Lo faceva mentre soffriva, mentre io ero lontana insieme a un altro, e la paura di non rivedere mai più lo sconfinato affetto a cui una volta ero così abituata mi provocava ora un fastidioso senso di vuoto, come se improvvisamente mi avessero tolto un sostegno vitale e mi trovassi in bilico come qualcosa che sta per cadere.

Un pomeriggio, Luca rientrò a casa prima del previsto.

«È uscito un concorso.»

Fu come tornare indietro nel tempo, prima di Raffaele, quando facevamo progetti per il nostro futuro. Un futuro che evidentemente era ancora lì. Pensai a mia madre e al suo sogno di insegnare, che a un certo punto, mentre con lei entravo e uscivo dagli ospedali, era diventato mio.

Luca si sedette accanto a me e mi rassicurò che quel sogno, di chiunque fosse, avrebbe potuto realizzarsi, non era troppo tardi.

«Abbiamo ancora un po' di tempo prima che scada il bando!»

E quell'«abbiamo» mi riempì i polmoni fino in fondo.

Sgomberò la tavola e mi elencò tutti i documenti da presentare.

Dovevo andare alla segreteria dell'università dove mi ero laureata e ritirare i documenti che mi riguardavano. Subito dopo aver terminato gli studi, avevo infatti frequentato il corso per l'abilitazione all'insegnamento, che ora sembrava essere diventato improvvisamente utile. Poi sarei dovuta correre in tribunale per ottenere il documento che attestava che la mia fedina penale era pulita.

Luca rilesse la domanda due volte perché tutto fosse chiaro.

Dopo, avrei solo dovuto rispolverare i miei libri e depennare dal programma tutti gli argomenti che avrei affrontato uno alla volta.

Iniziò così, avendo qualcosa da fare.

Mi organizzai ascoltando i consigli di quello che era tornato a essere il mio compagno. Trascorrevo una parte delle mie giornate in biblioteca e l'altra a casa, e ogni sera raccontavo a Luca quello che avevo fatto. Spesso, lui mi chiedeva di spiegargli alcune dimostrazioni o qualche teorema. Mi fissava come se non volesse perdersi nemmeno una parola.

«Mia madre diceva che la matematica può spiegare tutto», gli dissi.

«Ma non l'amore: quello non lo puoi calcolare.»

Lo guardai.

«No», gli risposi, «ma puoi misurare il peso che esercita su tutto ciò che circonda.»

«Mi sa che tua madre aveva proprio ragione!»

«Sarai un'ottima insegnante», mi disse una sera, quando la stanchezza mi fece vacillare nell'ansia di non riuscire. Perché in quel momento, più di ogni cosa, temevo di non farcela. Mi sentivo un'auto che si era impantanata per un guasto al motore ma che improvvisamente era riuscita a ripartire. Ora dovevo solo sperare di non fermarmi più.

Pensai a mia madre. Era morta da anni, ma ricordarla faceva ancora l'effetto di un coltello che ti taglia le ossa. Potevo farcela, o almeno avrei dovuto provarci con tutte le mie forze, e soprattutto non mi sarei dovuta dimenticare niente.

Mi alzai spingendo indietro la sedia su cui ero seduta, girai intorno al tavolo e misi le mani sulle sue guance. Portai le labbra prima sulla fronte, quasi compissi un rituale, e poi le appoggiai sulla sua bocca. Rimanemmo così senza muoverci finché le sue lacrime salate iniziarono a bagnare anche me.

«Bentornata», sussurrò.

«Come può una persona aspettare così tanto? Gli uomini non fanno così.»

Quella sera facemmo l'amore. Non fu la passione che ti scortica la pelle, fu l'intensità di chi ha bisogno di non spegnere più il motore.

Quei mesi passarono veloci. Io studiavo e cercavo di concentrarmi. Ogni tanto la mia testa tornava a Raffaele. Pensavo al pub, chiedendomi chi avesse preso il suo posto e se quella scena che raccontava di una ragazza straniera che si avvicina al bancone per ordinare un bicchiere di vino e tre birre si fosse mai ripetuta. Quando accadeva, inevitabilmente ricordavo il suono della sua voce che esplodeva dal telefono per chiedermi di tornare da lui. Mi dovevo allontanare dal tavolo e raggiungere la finestra. Se non fossi andata, lui sarebbe ancora vivo? Se non fossi andata, dove sarei ora? Qui con Luca?

Perché nessuno ha il diritto di vivere la vita al posto nostro.

Una sera, quando Luca rientrò a casa, mi trovò immobile a fissare fuori attraverso le persiane spalancate, le mani appoggiate al lavello della cucina. Il vento soffiava a forti raffiche e si potevano sentire i rami degli alberi frustare l'aria.

Aveva cominciato a piovere, le gocce tamburellavano contro i vetri e io avevo aperto la finestra per sentirle pungere il mio viso.

«Aurora, ma cosa fai?»

Si spinse verso di me mentre un'auto passava piano in strada e i fanali si sfocavano sotto la pioggia.

Tremando, mi strinsi prima alle sue braccia e poi al suo petto. Aveva ancora l'impermeabile addosso.

«Non riesco più a ricordarlo.»

Percepii il suo respiro.

«Lo sto dimenticando.»

Luca attese qualche minuto, poi mi fece sedere e chiuse la finestra.

«Vuoi parlarne?» mi domandò.

Alzai lo sguardo su di lui. Era in piedi davanti a me, ma privo di ogni minaccia.

«Non l'abbiamo mai fatto. Forse servirebbe a entrambi...»

Così iniziai. Dosai le parole, una alla volta. Cominciai dall'inizio, dal caso, dal vino. Poi mi inceppai. Non riuscivo a ricordare cosa fosse accaduto prima del nostro bacio. Avevamo già attraversato il ponte? Io avevo già detto che da quel luogo la luce che si rifletteva sul fiume sembrava magica? Vagai tra i ricordi. Raffaele era un'ombra che muoveva le braccia e di cui potevo vedere solo il busto. Poi la sua voce, improvvisa nelle orecchie, e tutto era precipitato. Ero seduta al bar o ero appena entrata. Mi ero alzata per rispondere o per correre a casa dalla gioia. Il suo appartamento lo ricordavo piccolo, troppo piccolo per due persone. Non so se stessi parlando ad alta voce in quel momento, se Luca potesse comprendere qualcosa. Quello che so è che non si mosse di un centimetro.

Mi sentivo come un pittore che ha appena terminato la

sua tela ma non è in grado di trovare le parole per descriverla, così la lascia lì perché sia qualcun altro a raccontarla.

Guardai Luca e smisi di parlare.

Non mi vergognavo di quello che era accaduto in passato, ma di quello che era accaduto c'erano poche cose da dire. Io avevo sentito un richiamo e mi ero mossa. I miei vent'anni avevano ubbidito alla vita. Ora, se fossi immortalata nella tela, spetterebbe agli altri esprimere il loro giudizio, non a me.

«Mi dispiace molto», mormorò Luca riportandomi da lui.

Non trovai il coraggio di chiedergli di cosa si rammaricasse.

«Quel ragazzo è morto, e questo è ingiusto. A tutto possiamo porre rimedio e su tutto il resto possiamo anche fantasticare. Forse tu ora non saresti qui e io sarei un uomo a pezzi, oppure mi sarei trasferito anch'io all'inseguimento di un'altra vita. Tutto è possibile. Tutto può accadere. Possiamo anche dimenticare e magari perdonare, ma è necessario continuare a respirare per farlo.»

Allungò una mano sulla mia e con l'altra mi avvicinò le pagine scritte dei miei appunti.

«Continua a studiare ancora un po'. Penso io alla cena.»

La memoria è la funzione meno affidabile del nostro cervello, per questo l'incertezza è il solo strumento che abbiamo per farci largo in questa vita.

Io e mamma eravamo sempre state sole al mondo. Lo eravamo e basta. I suoi genitori erano morti e mio padre era così assente da sembrare intoccabile. Mia madre non parlava di nessuno di loro. A volte, sembravamo arrivate dal nulla.

Quando le chiedevo della nonna, si limitava a raccontarmi qualcosa di distante. Una volta mi aveva parlato di un suo ricordo durante la ripresa economica del dopoguerra. La nonna faceva la sarta. Aveva una piccola bottega che poi diede via per sposarsi. La voce le si incrinava, come se raggiungesse il colmo della disapprovazione. Mamma aveva preso da lei il cervello e quindi l'avevo fatto anch'io. Lo ripeteva spesso. Mia nonna non era altro che un genio dalle mani d'oro che si era annullata per fare la moglie.

«Un destino che apparteneva a molte donne a quell'epoca», concludeva.

Non esistevano fotografie, o almeno non erano visibili in casa.

Un pomeriggio, andavo ancora a scuola, entrai nella sua stanza. Mentre aprivo l'armadio, mi ripetevo che non stavo facendo nulla di male, che in fondo quella era anche casa mia e quello era anche il mio passato.

Spostai i suoi vestiti da un lato, sollevai la valigia di pelle che teneva in fondo e la trascinai sul pavimento.

Feci scattare la serratura e presi un grosso respiro.

Era piena di buste. Ognuna recava una scritta sopra.

ASSICURAZIONE. VECCHI DOCUMENTI. ATTO NOTARILE.

La sua grafia era chiara, sembrava proprio quella di un'insegnante di matematica.

Dentro alla busta EMERGENZE c'erano dei soldi. Non li contai, ma sapere che c'erano mi tranquillizzò. Pensai a lei, alla sua meticolosità, e mi domandai se fosse sempre stata così, e quindi per questo avesse fatto certe scelte, o se fosse stata tutta quella precisione a tagliarla con l'accetta. Poi pensai a me e mi domandai se in fondo le assomigliassi davvero.

Afferrai una busta con la scritta DOPO e mi vennero i brividi. Dentro c'erano una polizza assicurativa e il contratto per un loculo al cimitero che avrebbe contenuto due corpi. Mi cadde dalle mani. Possibile che avesse pensato proprio a tutto? Anche a me?

Mi allontanai per un attimo, appoggiai la testa al letto e con le mani iniziai a tracciare delle figure geometriche sul pavimento chiazzato dal sole. Cercai di calmarmi e di non pensare alla morte, ma dovetti chiudere gli occhi e controllare il respiro.

Nella busta, c'era un foglio con le persone da avvertire nel caso fosse mancata. Aveva cancellato il nome di papà così bene che solo io ero ancora in grado di leggerlo.

Infine, trovai le foto. Erano ingiallite. C'era una donna seduta a cucire, vicino ai fornelli, con in braccio la mamma. La fissai cercando di memorizzare il suo sguardo. In nessuna delle immagini che mi sbocciavano tra le mani sorrideva. Guardava l'obiettivo in modo composto, educato.

Le riposi esattamente dove le avevo trovate, sopra un quaderno con la copertina di stoffa grigia, consunta in più punti. Lo capovolsi e aprii la prima pagina.

DIARIO 1977. AMANDA.

Non avrei dovuto leggerlo. Se la mamma avesse voluto che sapessi cosa c'era dentro il diario della nonna, lo avrebbe detto.

Stavo per fare luce sul suo passato nell'anno in cui la nonna era morta. Mamma aveva più o meno la mia età e io sarei nata poco dopo.

Le parole sotto ai miei occhi sembravano scurirsi a ogni riga. Mia nonna soffriva e gettava sulla carta la parte più cupa dei suoi pensieri. Era preoccupata per tutto, per il terrorismo, per l'economia e per le scelte della mamma.

Voleva che andasse a lavorare e che fosse indipendente, e invece lei aveva scelto di iscriversi a Matematica, la facoltà più difficile. La facoltà degli uomini. Nonna aveva paura che là, in mezzo a tutti quei maschi, qualcuno le facesse del male. Cercava di insegnarle a cucire e a rammendare perché avesse un lavoro in un mondo dove tutti volevano diventare dottori: sarebbe servito qualcuno che facesse gli orli ai pantaloni.

Mi venne quasi da sorridere. Un sorriso amaro. Non potevo nemmeno immaginarla l'espressione di mia madre mentre ascoltava certe sciocchezze, come le avrebbe definite lei. Immaginai la nonna che cercava di spiegarle la vita, e mamma che le chiedeva di ripetere perché non aveva capito bene, come se non conoscessero gli stessi vocaboli.

Poi, però, era arrivato mio padre, e poco dopo io, e di tutti i suoi sogni rimaneva solo un nome cancellato nella lista di chi chiamare in caso di emergenza.

In fondo alla scatola trovai una ciocca di capelli bianchi. Un ricciolo di neve incollato su un cartoncino. Guardai la foto di nonna: con un po' di impegno, avrei potuto ritrovarlo sulla sua testa.

Non puoi farti vedere sempre in preda al dolore. Il mondo non te lo permette. Le persone ti dicono che il tempo ti aiuterà, ti offrono qualcosa di caldo e magari anche una fetta di torta appena sfornata. Perciò reagisci, magari ti sposi o imbianchi casa. Fai progetti per il futuro mentre in segreto incolli una ciocca di capelli e la nascondi dove solo tu la puoi trovare. Così, ogni volta che ti serve, puoi provare che non sempre è possibile voltare semplicemente pagina.

Mi alzai, andai a prendere una penna e scrissi il mio nome vicino a quello scarabocchio nero sotto cui era rimasto seppellito mio padre.

Ecco cosa si prova quando ti accorgi che sott'acqua non puoi respirare.

Luca

DAVANTI alle porte scorrevoli dell'aeroporto, il cuore sobbalzava a ogni apertura. Ero emozionato.

Aurora non era come la ricordavo. Non parlo dei capelli più corti o dei fianchi più larghi, ma dell'espressione sul suo viso. Era più triste. Sembrava che di lei fossero rimaste tracce solo nella nota di fondo del suo odore.

Esitò quando mi vide e io compresi che suo padre non l'aveva avvertita. Avrei dovuto immaginarlo. Non era mai stato uno che amava rispettare tutti i passaggi.

Per un attimo ripensai a Celeste, la donna che mi aveva accolto tra le sue braccia, sotto la sua pelle, dentro di lei come se non desiderasse altro. Di quel giorno rammentavo il gabbiano che aveva solcato il cielo e che mi ero fermato a fissare prima di farmi aprire la porta, gli edifici tutti uguali di quella parte di città, la ragazza che aveva chiuso la finestra solo dopo aver sbirciato fuori, il mio dito sul campanello.

Interruppi quella sequenza di immagini prima di arrivare a vedere il volto di Celeste e mi avvicinai ad Aurora. L'abbracciai con delicatezza, resistendo al desiderio di stringerla con forza. Volevo solo avere la possibilità di perdonarla.

L'amore può salvare un essere umano, ma può anche distruggerlo.

Così allungai una mano per prenderle la borsa.

«Come ti senti? So che è una domanda stupida, ma non so che altro dire», sussurrai.

«Potresti dirmi che sei felice di vedermi», mi rispose lei e d'istinto, al suono di quelle parole e della sua voce, la avvolsi come una coperta.

Durante il viaggio di ritorno e nei giorni successivi, non ci dicemmo altro. Era come se entrambi avessimo necessità di far trascorrere tempo, giusto perché le cose tornassero nella loro posizione di partenza. La verità era che, per poter esprimere tutto quello che provavo, non avrei mai trovato parole a sufficienza, mentre da lei mi aspettavo un vocabolo solo.

Perdonami.

Ma non lo disse mai.

Qualche settimana dopo il rientro di Aurora, mentre cercavo ancora di capire cosa fare di noi, pensai a Celeste. Meritava una spiegazione e forse anche un grazie. Non potevo più frequentarla, ma questo non significava che non rispettassi quello che c'era stato tra noi. Quella donna aveva impedito che io affogassi del tutto. Mi aveva tenuto a galla e si era occupata di me. Era l'unico modo che avevo per descrivere i momenti che avevamo condiviso. Io mi sentivo come un uomo chiuso in galera a cui era stata concessa un'ora d'aria. Lei aveva saputo farsi trovare lì, pronta. Non sai quasi mai di cosa hai bisogno finché qualcuno non te lo offre.

Era come se lei mi avesse aiutato a preservare qualcosa di me, ma non era riuscita a sostituire Aurora. Non saprei dire cosa sarebbe stato di noi se la mia fidanzata non fosse mai tornata, se quel ragazzo non fosse morto. Ogni volta, a questo pensiero, mi blocco. È come scoprire che la strada che stai percorrendo è semplicemente interrotta. Non c'è, non ti permette di andare avanti, di fare un solo passo. Devi tornare indietro all'ultimo incrocio e prendere l'altra via.

Forse avrei potuto amare Celeste; conoscendomi, ci avrei almeno provato. Un giorno l'avrei invitata a cena in un posto carino e prima o poi l'avrei portata a conoscere mia madre. Forse, se lei avesse resistito, se io le fossi piaciuto, saremmo diventati una coppia; tuttavia, anche se una scarpa destra è quasi identica a quella sinistra, di certo non le puoi scambiare.

Decisi di andare al supermercato a cercarla. Entrai nel negozio e passai in rassegna tutte le corsie. Di lei non c'era traccia.

Una sua collega mi si parò davanti. Impiegai un po' a riconoscerla.

«Come posso aiutarla?»

«Sto cercando Celeste.»

«Non c'è.»

«Volevo salutarla.»

«È il suo giorno libero.»

«Non lo sapevo...»

Lei scrollò la testa come se fosse ovvio che non era affar mio.

«Può lasciarle un messaggio, se vuole.»

«Merita di più di un messaggio», le risposi.

Andai in auto e tirai fuori dal cruscotto un blocchetto.

Non riuscii a scrivere nulla. Cosa potevo dirle? Grazie

per il sesso? Per l'amore? Per aver occupato uno spazio prezioso ma non eterno?

Non lo meritava, e così misi in moto e andai a casa sua.

La vidi mentre stava attraversando la strada verso il suo portone. Forse riconobbe la mia auto, perché si fermò a fissarmi.

«Sei venuto a dirmi che hai scelto me?» mi apostrofò con un pizzico di ironia.

«Mi dispiace...»

«Di cosa?»

«La mia fidanzata è tornata e io voglio...»

«Riprovarci? Mi sembra giusto, tanto io non conto niente. Sono solo una con cui te la sei spassata quando eri un po' triste.»

«Non è così, io sono stato bene, ma...»

«Ma ami lei. Lo so, ci sono già passata. Ora puoi andartene. Però sappi che non ti sei proprio comportato come uno tanto innamorato della sua fidanzata: non è stato difficile distrarti...»

«Mi volevo scusare per non essere stato chiaro e per essere sparito così.»

«Vaffanculo, Luca!»

Rimasi a fissarla mentre infilava nervosa le chiavi nella porta e la chiudeva alle sue spalle senza nemmeno guardarmi.

Mi girai verso l'edicola lì accanto e qualcosa attirò la mia attenzione.

Era stato bandito un concorso per insegnanti.

Il volto di Aurora ancora davanti, il suo odore nel naso e la voce nelle orecchie. Mi avvicinai per acquistare la gazzetta e tornai a casa da lei.

Ci sono cose inevitabili, come le guarigioni.

Aurora

Mi accorsi che Luca non aveva parlato a nessuno di quello che era accaduto tra noi una sera, durante una cena a casa di un suo collega. Il padrone di casa fece un commento pungente.

«Le donne tradiscono tanto quanto gli uomini, forse di più e per ragioni meno fisiologiche, e per questo sono peggiori.»

Quell'uomo era seduto accanto a me e di fronte a sua moglie. Dopo aver fatto quel commento, si voltò verso Luca per ottenere un consenso e a me vennero i brividi, provai quel senso di impotenza di chi scopre di essere caduto in trappola. Ma Luca non lo assecondò.

«Mi sembra decisamente una definizione esagerata. Le persone possono sbagliare per motivi che spesso sono difficili da immaginare da un punto di vista solo.»

Erano le sue parole e mi arrivarono come un abbraccio, un «non temere, ci penso io».

Discussero, tenendo ferme le proprie posizioni come se noi donne non fossimo nemmeno sedute a tavola. Lui, il collega, rincarava la dose piegando le labbra in una smorfia di disgusto, senza mai guardare sua moglie. Fu allora che capii. Non stava parlando di me, ma di loro. Lei fissava la tovaglia e portava il bicchiere alla bocca come se non avesse altro da fare o si volesse confondere con le pietanze. Iniziai a chiedermi perché tanto astio. Forse lui era stato l'amante di lei prima che si conoscessero e ora temeva che lei non fosse cambiata. Forse c'era un altro uomo tra loro, magari uno che conoscevano da tempo, o solo il fattorino che gli consegnava la frutta. La mia mente continuò a spaziare senza decoro. Immaginai scenari diversi. E più lui sottolineava il suo disprezzo, più nella mia testa subiva situazioni indegne. Mi venne quasi da sorridere e mi dovetti allontanare in cerca del bagno, sperando che al mio rientro avessero cambiato argomento.

Quando uscii, la trovai in piedi nel corridoio.

«Ci sono persone incapaci di perdonare. Te lo fanno credere per un po', ma poi in una serata qualunque, magari a una cena tra colleghi, si rimangiano tutto.»

«Mi dispiace, non deve essere facile...» dissi, come se avessi preso per buona una delle soluzioni che avevo immaginato.

«Sono passati anni e l'ha fatto anche lui, ma nel contratto del matrimonio, in piccolo da qualche parte, ci deve essere scritto che nel corso della vita insieme un marito possa continuare a torturare sua moglie.»

Mi sentii offesa per lei. Quando ritornò a tavola, sembrava che non fosse accaduto nulla, che non avesse tradotto in parole il suo dolore. Si era autocensurata e forse lo faceva da tempo, come se fosse normale, ma non mi piacque.

Una volta in auto, chiesi a Luca di evitare di incontrarli altre volte, per lo meno da soli.

«In effetti, è stato sgradevole. Continua a far riemergere quella vecchia storia, e intanto lui si comporta in modo discutibile persino in ufficio.»

E, quasi mi avesse letto nel pensiero, mi disse: «A un certo punto bisogna andare avanti, districare la situazione e superarla. Altrimenti non ha senso aver fatto certe scelte».

«Stai parlando sempre di loro?»

«Non solo, ma la cosa che mi ha urtato di più stasera riguarda il tentativo insano di inserire altre persone tra di loro, come se tutti dovessero sapere cos'è accaduto, come se spettasse anche a noi dare un giudizio. I problemi si risolvono in casa, altrimenti non li puoi chiamare problemi.»

Qualche mese dopo, venimmo a conoscenza della loro separazione. Lui aveva una nuova compagna, mentre lei si era trasferita altrove.

Se vogliamo essere onesti come i matematici, dobbiamo ammettere che esistono cose che non possiamo conoscere o misurare.

SOSTENNI l'esame scritto e, diverse settimane dopo, l'orale del concorso. Quando uscii dall'aula, Luca era lì. Mi fermai sul selciato. Era il bell'uomo appoggiato alla sua auto che aveva preso un giorno di ferie per me, per spronarmi a essere migliore. Mentre muovevo i miei passi verso di lui, mi accorsi che non mi era mai capitato di sentirmi davvero adorata da un uomo, un uomo adulto. Infilandomi tra le sue braccia senza dire una parola, non potei fare a meno di pensare che forse era troppo e che non me lo meritavo, ma che in fondo non avevo altra scelta.

Mi portò a pranzo in un ristorante sul mare e mi lasciò parlare di tutto quello che mi avevano chiesto. L'interrogazione era durata quarantacinque minuti, così come il nostro pranzo, durante il quale si udì solo la mia voce. Luca si limitava ad annuire, sorridere orgoglioso e riempire di vino i nostri bicchieri.

Gli concessi un brindisi.

«Alle persone che ci riescono!» disse.

Aveva ragione. Riuscire era la parola magica.

«Devo tornare in Inghilterra», annunciai.

Lui abbassò gli occhi.

«Aurora...» Pronunciò il mio nome come se fosse una parola che faceva paura.

«Devo solo chiudere quella porta.»

Il giorno dopo mi accompagnò all'aeroporto e si raccomandò che tenessi sempre il cellulare acceso.

«Non ti chiedo altro», mormorò prima di voltarsi verso l'uscita. Io guardai la sua immagine rimpicciolirsi mentre si allontanava. Quanta forza nascondeva quell'uomo alieno, così diverso da colui che avevo immaginato occupare la mia vita.

Atterrai a Londra e, senza pensarci, mi recai alla fermata dei taxi. Tuttavia, dopo qualche minuto, cambiai idea e mi spostai verso il terminal degli autobus: avevo intenzione di fare tutte le fermate, almeno questa volta. Scesi in centro e mi infilai dentro la metropolitana, poi mi incamminai per l'ultimo pezzo di strada a piedi.

Arrivai davanti al pub. Mi fermai prima. Potevo vedere l'insegna e il riflesso della luce sui vetri. Qualcuno aprì la porta e ne riconobbi lo scricchiolio. Non entrai subito. Era troppo presto. Presi tempo e mangiai un hot dog. Era come se avessi bisogno di immagazzinare energie. Poi mi feci coraggio e aprii la pesante porta del locale. Per un attimo, una breve frazione di tempo, tornai là e, come se avessi aperto uno scrigno di farfalle dopo aver esercitato un trucco, fui investita dai ricordi. Il sorriso di Raffaele, l'accento del suo inglese, il rumore dello shaker che si agita tra le sue mani, i clienti che lo ringraziano mentre allungano qualche sterlina sul bancone. Rimasi in piedi nella penombra, quasi non volessi svelare ai miei occhi la realtà e, quando la porta mi si chiuse alle spalle, avvertii la sensazione di essere rimasta in trappola. Una vampata di calore mi salì al collo e, nonostante non facesse caldo, iniziai a sudare. Indietreggiai quanto potevo prima di tornare a respirare. Ero certa che nessuno mi avesse notata: nessuno fa mai caso a qualcuno che barcolla dentro un pub inglese dove sembra sempre notte.

Poi mi feci coraggio, pensando che avevo ripetuto quell'azione così tante volte da non averla potuta dimenticare.

Era tutto come lo ricordavo. Guardai verso il bancone. C'era un ragazzo di spalle e provai il desiderio di correre da lui, di abbracciarlo e baciarlo. Tuttavia, quando si voltò, notai che aveva gli occhi troppo chiari e i capelli troppo scuri. Mi lanciò uno sguardo e io mi chiesi se si fosse accorto che una parte di me era appena caduta in ginocchio, sopraffatta da un dolore così intenso da rischiare di arrestarmi il cuore.

Presi fiato come se dovessi fare un esercizio di apnea, e mi avvicinai.

«Un bicchiere di vino bianco», ordinai tutto d'un fiato.

Lui mi fissò come se non avesse capito. Così guardai oltre le sue spalle e indicai la bottiglia di Pinot grigio aperta dentro un cestello colmo di ghiaccio.

Lui sorrise come se servire vino gli piacesse, come se fosse una cosa elegante.

Lo sorseggiai tenendo il bicchiere con entrambe le mani. Pensai al suo viso e, per un attimo, socchiudendo le palpebre, riuscii a visualizzarlo. Iniziai a sorridere e, mentre le lacrime mi scorrevano sul volto, tentai di raccogliere solo i ricordi più belli. Le sue risate, i suoi sogni, le nostre passeggiate. Poi, arrivò la piccola stanza in cui avevamo fatto l'amore la prima volta, le omelette con i pomodori e la foto che suo padre mi aveva lasciato sul comodino in ospedale.

«Sei l'amica di Raffaele», disse una voce alle mie spalle.

Era il proprietario del pub, l'uomo per cui avevo lavorato

anch'io per qualche settimana prima di riuscire a insegnare in quella piccola scuola privata.

Fu come rivedere un vecchio amico. Dovetti trattenermi dall'abbracciarlo e invitarlo a piangere insieme a me.

«Era un ragazzo fantastico», mormorò in modo automatico, quasi avesse atteso tanto tempo per poterlo finalmente dire. «Se ti può consolare, sappi che la sua mancanza si sente ogni giorno», continuò ed ebbi la sensazione che qualcosa mi scalfisse il cuore. Era vero e strano allo stesso tempo; la sua perdita era schiacciante come solo le cose che non ci sono più possono essere.

L'uomo afferrò un bicchiere e chiese al ragazzo che aveva sostituito Raffaele di versargli del vino, poi alzò il calice e attese che io lo imitassi.

«A Raffaele!» disse e il tintinnio dei nostri bicchieri fu così acuto che ero certa che sarebbe arrivato fino a lui, ovunque fosse.

Accettai le condoglianze, le uniche che mi furono mai state fatte, lasciando che l'uomo mi stringesse la mano con affetto prima di vederlo tornare al lavoro.

Davanti alla porta, prima di uscire, mi bloccai. Rovistai nella borsa. Mi voltai e tornai indietro. Girai intorno al bancone. Staccai una delle puntine conficcate nel legno dei ripiani, quelle che servono per ricordare tutte le comande, e attaccai la foto di un bambino sorridente, nonostante fosse appena caduto dalla bicicletta. La fissai cercando di memorizzare la sua voglia di vivere, che però non poteva più continuare a venire con me. Doveva rimanere nel suo mondo.

Chiusi gli occhi e, con il cuore, mi rivolsi a quel ragazzino con lo stesso sguardo e gli stessi capelli dell'uomo che avevo amato e dissi: «Avevi ragione. Nessuno ha il diritto di vivere la nostra vita, ma non potrò mai perdonarmi per non averti fermato quel giorno, o forse la mia colpa è quella di aver voluto entrare in un'altra storia come se Cenerentola decidesse di scappare in un fitto bosco. Non lo saprò mai. Se io non fossi mai tornata, forse non avrei mai avuto una tua fotografia e per questo ti chiedo scusa, perché comunque vadano le cose, per quanto la mia mente mi protegga da noi, non potrò mai dimenticare».

L'aria fresca del Nord mi schiaffeggiò la faccia; il cielo minacciava di disegnare presto un temporale. Attraversai di corsa la strada e fermai un taxi al volo. Non c'era motivo di rimanere lì, avevo una vita a cui rendere grazie.

Quando atterrai in Italia, non pioveva. La serata era accogliente, placida quasi volesse farsi voler bene anche da me.

Luca era sempre al suo posto. Quando sbucai dalla porta scorrevole, era girato di profilo come se non volesse guardare, come se contare le persone prima della mia comparsa fosse doloroso o ancor peggio temibile.

Lo chiamai. Lui si voltò di scatto e percepii le sue labbra muoversi.

«Sei tornata», sussurrò, perché *riuscire* non era, almeno per lui, la cosa più difficile da superare.

«Ti va di andare a mangiare qualcosa?»

«No, torniamo a casa», risposi infilando un braccio sotto al suo.

Scandii la parola «casa» con attenzione e cura, e scivolammo via tra la folla dei rientri. Questa volta non c'erano bagagli da portare.

Qualche giorno dopo, arrivarono i risultati del concorso. L'avevo superato. Mi spettava qualche anno come supplente e poi sarei entrata di ruolo.

Quella sera, il mio compagno mi posò entrambe le mani sulle spalle e le strinse con affetto fissandomi negli occhi. Avvertii il battito del suo cuore e fu più intenso di qualsiasi parola d'amore.

Stava iniziando la guarigione.

La prima volta che io e Luca avevamo litigato era stato a una festa, molti anni prima. Mia madre stava peggiorando e io mi rifiutavo sempre di lasciarla sola. Quella sera però fu lei a convincermi che distrarmi mi avrebbe fatto bene e così lo accompagnai nell'altro mondo, quello fatto dai grandi, i suoi amici, uomini e donne ormai inseriti nel mondo del lavoro che bevevano alcolici e avevano già rinnovato la patente. Io mi sentivo piccola, e forse lo ero. Studentessa universitaria che a breve sarebbe diventata orfana. Non avevo molti amici nemmeno all'università, ma questo era abbastanza consueto. I matematici o aspiranti tali vivono in un mondo tutto loro. È difficile vederli rilassati in ambienti di aggregazione pubblica dove non puoi disquisire sul teorema di Fermat senza passare per pazzo.

Quella sera Luca mi venne a prendere e mi portò a casa di un suo amico. L'appartamento si affacciava su un grande giardino. La serata era calda e l'impianto stereo invitava tutti a ballare. Io mi aggirai per le stanze e poi all'aria aperta, sempre un passo dietro a lui. Guardavo le donne che lo abbracciavano e mi sembravano padrone di un pezzo di mondo, come se sapessero esattamente chi erano, mentre io le allontanavo subito dopo aver dichiarato la mia passione per i numeri. Avrei potuto scrivere un trattato sull'incomunicabilità umana. Ogni volta che qualcuno, per gentilezza o per curiosità, tentava di indagare su di me, si fermava a non più di un paio di quesiti. Come ti chiami? Cosa fai nella vita? Ah, interessante! Poi, un silenzio imbarazzato e la volata alla ricerca di qualcosa di fresco da bere perché la sete, si sa, è una bestia che attacca all'improvviso.

Quella sera, cercai di trovare un modo per passare il tempo e mi misi a sbirciare nella libreria di casa. Non mi resi conto di quanto fossi stata brava a sparire finché non mi accorsi che Luca aveva smesso di cercarmi, di chiedermi se avevo fame o di presentarmi al volo qualche conoscente.

Non lo vidi subito. Era in giardino, insieme a un gruppo di persone armate di bicchiere che si muovevano mollemente al suono della musica. Attesi sulle scale sperando che si voltasse, ma non lo fece e nessuno gli indicò la mia presenza. Provai a pensare a come avrei potuto avvicinarmi mettendomi a ballare insieme a loro, ma non trovai il coraggio di muovere un solo muscolo. Lui ballava in modo incantevole, nessun movimento eccessivo o scoordinato. Era un piacere ammirarlo e non dovevo essere la sola a pensarlo, perché di lì a poco rimase solo con una ragazza. Lei rideva, parlava, lo guardava. Poi rideva ancora. Muoveva i capelli e socchiudeva le palpebre per apparire ancora più sensuale. Il desiderio di andarmene prese il sopravvento su di me e il mio immobilismo.

«Me ne vado a casa!» dissi in modo sgarbato sembrando quella che ero. Gelosa.

Luca si fermò e mi posò la mano sul braccio senza dire niente.

«Vieni con me?»

«Ora?» mi domandò guardando l'orologio.

«Posso andare anche a piedi, anzi prendo un taxi.»

Feci un passo indietro. Luca mi guardava. La ragazza accanto a lui si era spostata leggermente dietro la sua schiena e mi fissava da sopra la sua spalla. Sembravano in squadra.

Avvertii il sangue andare in ebollizione.

«Non mi fermi?» balbettai scoprendo il fianco.

«Vorrei che restassimo ancora un po' qui insieme...»

«Insieme a chi? Io, te e lei; o solo voi due?»

Non mi ero accorta di averle puntato un dito in faccia ma, quando lo ritirai, la musica si era fermata in attesa che iniziasse un altro pezzo e diverse persone si erano girate a guardarci.

Mi voltai e corsi verso la porta.

Luca mi inseguì.

«Non voglio rimanere, non so con chi parlare e mi annoio. Sono tutti così...»

«E allora va', quella è la porta.»

Scrollai la testa e uscii da lì. Mi ritrovai sulla strada, ma Luca s'incamminò con me.

«Mi vuoi dire cosa ti prende adesso? Ti sembra il modo di comportarti?»

«Penso che preferiresti non avermi tra i piedi, così me ne vado.»

«Ma cosa ti viene in mente? Se ti assecondo in tutto!»

«Solo quando siamo soli.»

«Cosa? Ma se quando siamo con altra gente ti ammutolisci e poi ti comporti da pazza!»

«Ecco, lo vedi? Tu ti vergogni di me.»

«Non dire cazzate. Se mi vergognassi, non saremmo qui. Io sono molto orgoglioso di te.»

«Ma ti scopresti le altre, sempre che tu non lo faccia già...»

Luca allungò un braccio e mi fermò con forza.

«Ora la smetti e mi spieghi cosa succede.»

Non riuscivo a guardarlo negli occhi. Mi sentivo inadeguata e troppo giovane. Era come se non avessi gli strumenti per affrontare una conversazione adulta e provavo una gran voglia di scappare, come avrebbe fatto mio padre.

«Io non sono come loro. Non abbiamo niente in comune.»

«E allora? Io sto con te; loro sono amici con cui trascorro qualche serata e chiacchiero di tante cose.»

«E con cui ti diverti.»

«Sei arrabbiata per questo?»

«Mi guardano tutti come se fossi strana, la fidanzata cervellona del loro amico che starebbe tanto meglio con una di loro... Le vedo come ti guardano.»

Luca abbassò la testa. Gli veniva da ridere e cercava di non farlo in modo plateale.

Sfilai il mio braccio dalla sua presa.

«C'è poco da ridere!»

«Scusami. È che tu non sei una cervellona; sei solo una studentessa di Matematica al primo anno. Ma sei anche bellissima, emotivamente coinvolta dalla malattia di tua madre, a cui dedichi tutte le tue risorse e, quando ti dimentichi di essere tutto questo, diventi la ragazza più sensuale che abbia mai conosciuto. Non mi vergogno di te e non penso a quello che si domandano gli altri su di noi.»

Mi sentivo ancora peggio. Sciocca e presuntuosa.

«Ora tornerei dentro solo per riprendere le giacche. Puoi aspettare qui? Vorrei riaccompagnarti io a casa. L'ho promesso a tua madre.»

Rimasi a guardarlo, domandandomi cos'altro le avesse promesso.

Un gesto bizzarro tra un uomo e una donna ha sempre qualcosa di romantico.

«Vorrei che tu sapessi che ci ho provato», mi disse un giorno mia madre. Eravamo nella sua stanza e lei ormai trascorreva tutto il suo tempo a letto.

Mi avvicinai, pensando che si riferisse alla malattia.

«Lo so. Hai lottato come una guerriera», le risposi avvertendo gli occhi diventare lucidi.

«Parlo di tuo padre...»

La fissai.

«Pensavo che anche le persone esagerate in fondo avessero bisogno di qualcuno a fianco, qualcuno che tollera che lascino la tavoletta alzata in bagno o si preoccupa che negli alimenti che cucina non ci siano tracce di noci.»

«Mamma, cosa stai dicendo?»

«Con tuo padre era come vivere sulle montagne russe: all'inizio è stato divertente, ma certi giochi hanno un senso quando sei giovane e un altro quando il tempo passa. Così, quando anche le ultime luci dei luna park si spengono, ti accorgi che vicino hai solo una persona come tante, uno che di notte russa e che si dimentica più della metà delle cose che gli dici.»

Mi sedetti sul letto.

«Quando ha iniziato a frequentare altre donne, ho pensato che ne avesse bisogno, che le altre servissero per non farlo scendere dagli ottovolanti, per continuare a farlo credere in se stesso...»

Ho allungato una mano sulla sua e l'ho stretta. Aveva la pelle secca come le foglie.

«Una volta sono stata così anch'io, sai? Per questo le capivo. Non c'era nessun altro al mondo come tuo padre e quella sensazione di arrivare seconda mi faceva impazzire. La prima volta che è tornato a casa, ho fatto di tutto. L'ho lasciato dormire, gli ho cucinato quello che preferiva e ho evitato di chiedere spiegazioni.»

«L'hai fatto per me?»

«No, l'ho fatto per me. Pensavo che, se avessi fatto finta che la vita fosse tornata normale, lui ci avrebbe creduto. Un giorno gli chiesi di accompagnarmi a prenderti a scuola, poi andammo a fare la spesa e qualche altra commissione. Fu lì che mi accorsi delle altre. C'erano. Ci passavano accanto e ricambiavano i suoi sguardi. Fu come ascoltare un orologio ticchettare nelle orecchie. Era solo questione di tempo...»

«E cos'è successo?»

«Tu non te lo ricordi. Eri ancora piccola e facevo di tutto per parlare piano. Sono salita in auto, accanto a lui, e guardando fuori dal finestrino gli ho chiesto se avesse idea di quante tra quelle donne sarebbero state capaci di sopportare quello che spettava a me.»

«E lui?»

«Ha messo in moto e ci ha portato a casa. È lì che avrei dovuto reagire. Avrei dovuto mandarlo via; invece ho atteso. Ho sperato e pregato. È stato tutto inutile, perché le persone non cambiano mai come vorremmo. Non fare il mio errore! Tu sei nata per essere un numero primo, ricordatelo.»

* * *

Mia madre morì poche settimane dopo. Aveva aspettato fino all'ultimo prima di confessarmi quello che aveva vissuto con mio padre, come se avesse percepito che non sarebbe rimasta a lungo a raccontarmi favole.

I fisici quantistici lo chiamano «dualismo onda-particella» ed è uno dei misteri reali della meccanica quantistica. Per noi, che sia una cosa oppure l'altra, una particella oppure un'onda, poco importa. Quello che vediamo è solo luce.

Una sera, quando entrai in casa, trovai la luce accesa in cucina e una voce di donna. Mi avvicinai piano. La tavola era apparecchiata per tre e Luca stava versando il vino nel bicchiere di una sconosciuta.

«Aurora, ti presento Anna, la mia collega.»

Lei allungò la mano verso di me, mentre io la guardavo come se non capissi chi fosse.

Anna? Una nuova collega? Dal fondo della memoria riemerse una conversazione di qualche giorno prima. Eravamo seduti a tavola e Luca aveva iniziato a raccontarmi qualcosa che io avevo ascoltato a pezzi. Annuivo affinché non cogliesse la mia stanchezza. Io ero ormai da qualche anno completamente assorbita dal mio ruolo di insegnante. I compiti da correggere, gli scrutini, un paio di studenti che avrei voluto aiutare a migliorare, e poi ancora la scuola.

«Tuo marito è un vero tesoro!»

Quelle parole mi riportarono alla realtà.

«Non siamo sposati», risposi con un tono poco simpatico e altrettanto inutile.

Un velo di imbarazzo scese tra noi, finché Luca non mi disse di togliermi il cappotto per poter fare un brindisi tutti e tre insieme. Mi allontanai controvoglia e cercai di tornare velocemente in quella che fino a pochi minuti prima era solo la mia cucina e non un terreno di guerra.

Anna era simpatica, attraente e arricciava sempre il naso in un'espressione complice che poteva avere qualcosa di seduttivo.

«Mi ha detto Luca che tu insegni matematica; io sono sempre stata una frana.»

«Non te l'avranno spiegata bene. La matematica è semplice, logica», le risposi.

«Non darle retta. Per Aurora, le cose che per i comuni mortali sono complicate si risolvono in pochi passaggi.»

Buttai giù il vino, sperando che mi sciogliesse un po'.

Le parole che mia madre mi aveva detto poco prima di lasciarmi sembravano riaffiorare nella mia testa, una a una. Ripensai alla fragilità di mio padre, così distruttiva e dirompente.

Guardai Luca: non riuscivo ad agganciarlo. Era come se, improvvisamente, qualcuno si fosse messo tra noi e non fosse dalla mia parte. Lui e Anna avevano già un loro linguaggio, una specie di codice da ufficio. Lei continuava a ripetere che «mio marito» era l'unico che l'avesse davvero aiutata quando era arrivata in azienda e che senza di lui non ci avrebbe mai capito niente. Non riuscivo a smettere di immaginarli mentre si baciavano. Vedevo chiaramente la mano di lui che le scivolava sulle gambe mentre lei rovesciava indietro la testa implorandolo di continuare.

Mi alzai di scatto facendo tremare il tavolo e, scusandomi, mi rifugiai in bagno.

Ero rossa come se avessi appena finito una corsa e fossi senza fiato.

Ero gelosa. Priva di ogni certezza, eppure gelosa. Sarei andata nell'altra stanza e avrei preso Anna per i capelli trascinandola alla porta. Dovetti respirare a fondo prima di tornare da loro perché, se la gelosia potevo controllarla, la paura di rimanere sola al mondo non avrei davvero saputo come gestirla. Mentre tutti quei sentimenti mi si mescolavano nelle viscere, avevo chiara in testa una cosa: avrei fatto sesso con Luca sulla tavola, in mezzo al cibo che aveva preparato e sotto gli occhi increduli di Anna. La strategia che ti serve per spuntarla in una battaglia non è mai la stessa che ti serve per portare a casa la pelle dopo la guerra.

C'è una demarcazione sottile tra la compassione e la vendetta.

«Sai che Anna da piccola voleva fare l'insegnante di religione?» mi disse Luca, appena trovai il coraggio di tornare in salotto, nel tentativo di aiutarmi a reinserirmi nella conversazione senza fare troppi danni.

«Mi sembra che i matematici non credano in Dio», asserì lei, entrando a gamba tesa non solo nella mia cucina ma anche nel mio sapere.

«I matematici non escludono l'esistenza di Dio. Dicono semplicemente che la ragione non serve a niente quando si tratta di determinare la sua presenza; altrimenti non ci sarebbe partita. E poi Pascal ha detto che è meglio pensare che Dio esista anziché sostenere il contrario!»

Cadde il silenzio. Anna roteava gli occhi e buttava giù vino, sperando che qualcuno le traducesse quello che avevo detto. Luca si alzò da tavola per togliere i piatti, mentre io mi domandavo perché avesse portato quella donna dentro casa mia.

Quando la nostra ospite se ne andò, Luca si mise a sistemare la cucina senza dire una parola. Accadde qualcosa di comprensibile: eravamo in imbarazzo come se entrambi avessimo delle spiegazioni da chiedere o da dare.

«Non avevo capito che sarebbe venuta a cena», gli dissi, sperando di improvvisare una difesa.

«Non lo sapevi perché hai smesso di ascoltarmi.»

«Non è vero, non me l'hai detto», insistetti.

Lui sospirò. Lanciò lo straccio sul lavandino e si voltò verso di me.

«Lo avrei fatto se mi avessi risposto al telefono. Sono settimane che ti dico che mi avrebbe fatto piacere invitarla per fartela conoscere, stasera mi è solo sembrata la sera giusta e così l'ho fatto, perché mi piacerebbe condividere le cose con te invece di doverle sempre dividere e basta: è un concetto abbastanza matematico per te? Era meglio quando stavi male per quello stronzo in Inghilterra.»

Spalancai le labbra e chiusi gli occhi come se mi avessero assestato un colpo inatteso, mentre Luca mi passava vicino senza nemmeno guardarmi. Non aveva mai parlato in quel modo. Mi resi conto che Raffaele e Londra erano molto più visibili per Luca di quanto non fossero per me.

Quando entrai nella nostra camera, lui era seduto sul bordo del letto a sfilarsi il cinturino dell'orologio prima di posarlo sul comodino come ogni sera.

Presi fiato.

«Cos'è questa, la famosa vendetta? Ti scopi la stagista così siamo pari?» sputai il mio veleno per evitare che continuasse a rimescolarsi dentro di me.

«Anna non è una stagista. È solo una collega con cui condivido alcuni lavori. L'ho invitata a cena dopo avertelo detto in una delle rare serate in cui mi è sembrato che mi stessi ad ascoltare e ho pensato che fossi d'accordo. Non avevo capito che proprio non mi avevi nemmeno ascoltato.»

Il tono della sua voce era pacato e monocorde. Fastidioso per chiunque lo ascoltasse.

«Non l'ho fatto apposta. Sono molto concentrata sul mio lavoro. Lo sai che devo dare il meglio», risposi, solo per avere l'ultima parola.

«Aurora?»

Mi bloccai sulla porta senza voltarmi.

«Posso sapere quando sarà il mio turno?»

Non so quanto tempo impiegai a trovare le energie per muovermi. Volevo sembrare offesa, ma non lo ero. Volevo avere ragione, ma non avevo nemmeno quella.

Quella notte, ognuno rimase dalla sua parte del letto. Luca si alzò all'alba e uscì senza preparare la colazione. Io avevo dormito a tratti e, quando entrai in classe, mi accorsi di cosa mi stava accadendo, di quanto fossi impaurita all'idea di perderlo, quando in una quinta superiore che preparava una prova di statistica dissi: «Se sapessimo che un uomo non ha una relazione extraconiugale, l'evento sarebbe pari a zero; ma se scoprissimo che quest'uomo tradisce la moglie, allora la probabilità dell'evento sarebbe certa, quindi pari a uno. Il valore numerico della probabilità o è impossibile o è certo. Quindi, la probabilità non è altro che uno su due, perché tali sono le possibilità. O mi tradisce oppure no».

Gli studenti mi guardarono. I loro occhi sembravano volermi prendere qualcosa che tenevo nascosto sotto i vestiti. Alcuni tornarono a scrivere, altri aggrottarono la fronte come se l'inadeguatezza dell'esempio fosse evidente e non necessitasse di ulteriori commenti; io mi affrettai a dare altri esercizi da svolgere solo per poter smettere di parlare.

Mentre li osservavo ragionare nel silenzio tombale della

classe, mi domandai per quanto tempo le incertezze avrebbero dominato la mia vita.

Così, quando uscii da scuola, feci una cosa che non avevo praticamente fatto mai.

Andai nell'ufficio di Luca. Era un evento così raro che nessuno mi riconobbe.

Quando mi indicarono la direzione, mi incamminai lungo un corridoio contando le porte che mi separavano dalla sua. Vidi Anna uscire dall'ultima in fondo e per un attimo sperai che non fosse quella che cercavo.

«Aurora, che piacere!» strillò lei venendomi incontro. «Cosa ci fai qui?» mi domandò. La fissai prima di risponderle. Da qualche parte avevo letto che l'avrebbe aiutata a non dimenticarsi di quello che stavo per dire.

«Sono venuta a chiedere a Luca di sposarmi!» risposi mentre lei spalancava i suoi enormi occhi neri e faceva un passo indietro come se mi volesse lasciare spazio.

«Aurora...»

Luca era sulla porta, le mani aperte davanti a sé. Mentre cercavo il coraggio di parlare, mi accorsi che non c'era mai stato un evento più certo di lui nella mia vita.

«Tesoro, stai bene?» insistette, mentre ormai tutti intorno avevano sospeso le proprie mansioni in attesa di scoprire cosa accade quando i casi favorevoli coincidono con quelli possibili.

«Mi vuoi sposare?» mormorai con un filo di voce.

«Devo risponderti qui in corridoio?»

«Rispondimi dove vuoi, ma dimmi di sì.»

Poi, prima che lui riuscisse a riordinare i pensieri, continuai: «Mi hai dato tempo, mi hai permesso di amare, di rimarginare le ferite, mi hai insegnato che l'affetto serve, eccome se serve, ma soprattutto ci insegna chi siamo. Ora sono pronta... anche a fare un gran casino, se sarà necessario, ma tu dimmi che vuoi diventare mio marito. Voglio sapere cosa accade quando il numeratore e il denominatore coincidono».

Sul suo viso si creò un'espressione che non avevo mai visto prima. Mai.

Sollevò le spalle e rispose: «Credo che il risultato sia uno e che l'evento non possa non accadere». Poi attraversò con pochi passi lo spazio che ci divideva e finalmente mi abbracciò, tra un mare di applausi e fischi, dopo aver tentato persino di parlare la mia lingua.

Se non avessi ripreso il controllo della mia vita, quei momenti, quei giorni e tutto quello che ne seguì non sarebbero mai esistiti. Li avevo costruiti con il cuore e tutte le mie intenzioni, ma non avevo guardato al futuro come chiunque mi avrebbe consigliato. Avevo mollato le redini e, con le mani finalmente libere, avevo ritrovato qualcosa che apparteneva al mio passato. La necessità di portare a compimento ciò che avevo iniziato tempo prima, come una ferita da guarire che ha smesso di fare male.

Casa è il posto dove, quando cerchi qualcosa, prima o poi la trovi.

PIOVEVA quel giorno. Io e Luca ci eravamo svegliati insieme, in barba alla tradizione. Saremmo andati in Comune e poi a festeggiare con qualche amico – pochi, per dirla tutta –, alcuni suoi colleghi, sua madre, suo fratello e mio padre, che aveva avuto il buon gusto di avvertirmi che aveva cambiato compagna, affinché io evitassi di chiamarla come quella precedente.

Un'ora prima della cerimonia, Luca si avviò da solo in Comune, così io potei vestirmi.

Avevo un abito color lavanda, con una grossa fascia bianca in vita.

Mi avvicinai allo specchio e mi fissai. Le caviglie tiravano nelle scarpe con il tacco, che non ero abituata a portare, e il mio aspetto avrebbe potuto definirsi elegante ma, se avessi detto che la protagonista della giornata era un'altra, nessuno avrebbe obiettato. Ecco cos'ero diventata: una che viveva di sponda.

Poi pensai a mia madre. Alla sua breve vita e a quel male con le sembianze di mio padre che l'aveva divorata. Abbassai lo sguardo, assalita dalla commozione.

Mi sarebbe piaciuto averla lì. Mi sarebbe piaciuto sentirmi meno sola. Mi sedetti sul bordo del letto e le dedicai qualche minuto, un ricordo.

Era la fine di aprile. Giulio era uscito già da un po' dalla sua vita.

Io e la mamma quel giorno decidemmo di andare al mare. Avevamo camminato sulla spiaggia, tenendo le scarpe in mano, ed eravamo arrivate fino a toccare l'acqua. Era gelata. Iniziai a spingerla e poi a rincorrerla. Lei rideva, come fa chi si stupisce che per essere felici, a volte, basta poco. Tra le risate, gli occhi le si riempivano di lacrime e ci teneva sempre a sottolineare che quello era un pianto di gioia.

Alla fine ci sedemmo sulla sabbia. Fu lì che mi disse che era malata, ma che aveva iniziato le cure e che tutto sarebbe andato bene. Poi mi chiese di ammirare i raggi del sole che si riflettevano sulla superficie del mare e, mentre io seguivo le sue indicazioni, la sua voce arrivò intensa alle mie orecchie.

«Cerca di essere felice, figlia mia, ma soprattutto trova qualcuno che ti ami più della sua vita. Circondati di un amore giusto.»

«È per questo che hai mandato via Giulio? Non è stato lui ad allontanarsi, vero?»

Lei mi guardò.

«Vedi, quando tuo padre se n'è andato, tu venivi nella mia stanza mentre dormivo e ti rannicchiavi accanto a me. Forse pensavi che non me ne fossi mai accorta. Invece ti sentivo. Prima di allora avevo sempre sperato che lui tornasse da noi; ma da quel momento mi importava soltanto che tu continuassi a rimanere lì accanto a me. Eravamo solo noi due ed era molto bello. Poi, qualcosa è cambiato e lentamente mi sono accorta che non ero più in grado di dormire senza saperti lì, raggomitolata vicino a me.»

Lo compresi così il perché. La sua malattia non era appena nata e presto sarebbe diventata inarrestabile. Non c'era spazio per Giulio, non c'era spazio per il suo dolore.

Seppi così che la fine sarebbe arrivata presto e, quando al suo funerale mio padre arrivò in ritardo, lo fissai e provai a pensare a come lo avrebbe guardato mia madre, ovunque fosse, al dolore che li aveva uniti, sempre più forte di un amore che tale non era mai stato.

Poco dopo, mio padre suonò alla porta. Aveva insistito per accompagnarmi in Comune, come da tradizione.

Vederlo sulla soglia mi immobilizzò, quasi avessi trovato il punto d'inizio. Nel corso degli anni avevo alimentato il ricordo di mamma meglio che potevo; mai, però, avevo attribuito a lui il senso della sua fine. Era stato lui a ucciderla. L'aveva illusa e poi se n'era andato senza una spiegazione, come se fosse facile. Non si era mai scusato per il male che le aveva fatto solo perché non si rendeva davvero conto di cosa significasse amare qualcuno. Lui non aveva mai amato, altrimenti mia madre non mi avrebbe parlato in quel modo, quel giorno in spiaggia, e io non sarei stata lì vestita di lavanda pronta per sposare Luca.

Dopo la cerimonia, veloce e intima, ci trasferimmo tutti in un piccolo ristorante a pochi passi da lì, dove io e mio marito ci lasciammo fotografare tra un brindisi e l'altro. Luca manifestò davanti a tutti lo stupore provato quando pochi mesi prima ero stata io a chiedergli di diventare sua moglie.

«Non avresti potuto farmi regalo più bello», mi disse guardandomi poi negli occhi, di fronte a tutti i presenti. Avvertii l'emozione diventare fuoco sotto la pelle e compresi che forse anche mia madre da lassù avrebbe condiviso con gioia le sue parole. Forse era semplicemente questo che voleva che io imparassi.

«Sei felice?» mi domandò poco dopo mio padre, mentre gli invitati erano tutti intenti a gustare la torta.

«Ti sembra una domanda da fare?» gli risposi.

Lui alzò le spalle.

«Sei così giovane... hai la vita davanti. L'unica volta che ti ho vista viva davvero è quando hai seguito il tuo cuore, e sai benissimo che se lui...» mio padre s'interruppe a pochi passi dal burrone che la parola «morte» rappresentava per entrambi.

«Cosa vorresti dire? Che se lui non fosse morto, io non sarei qui?»

«Lo sai anche tu.»

«Sì, ma so anche che quel giorno in aeroporto non c'eri tu a prendermi, ma Luca, e che se non fosse stato per lui ora non avrei nemmeno questo. È strano vivere pensando che l'unico genitore su cui puoi contare sia un uomo che non si ricorda nemmeno il nome delle donne che ha amato. Luca mi ha protetto da tutto, ma soprattutto l'ha fatto da te, che te ne andavi per tornare dalla tua nuova famiglia ogni volta che venivi a trovarmi per poche ore. Mi sono sempre chiesta, negli anni, se ti rendessi conto di quanto mi lasciassi sconvolta. Di quanto fosse orribile vedere come ti liberavi dal mio abbraccio. Mi salutavi tutto allegro e voltavi le spalle. Finiva lì. Non ti sei mai girato. Capitolo chiuso, commissione compiuta.»

«Lo sai che ti ho sempre voluto bene e non ti ho mai fatto mancare nulla. Ho solo cercato di essere felice e credo che tu sappia di cosa parlo perché, anche se cerchi di imitare tua madre, tu hai il mio sangue che scorre nelle vene.»

Mi voltai a guardarlo.

«Lo credevo anch'io. Pensavo che fosse terribile smettere di amare qualcuno così come si spegne un interruttore, ma poi è successo a me e, per quella breve ma bellissima parentesi, ti ho capito. Ma, a differenza tua, il mio rimpianto è quello di averlo seguito, il mio cuore, perché se non lo avessi fatto lui sarebbe ancora vivo, e qualcosa mi dice che sarebbe così anche per mia madre. È per questo che sono qui a onorare l'unica persona che ha saputo dimostrarmi che l'amore esiste se vogliamo che ci sia, esiste se rispettiamo i suoi tempi. E mi dispiace, papà, ma in questo non ti voglio assomigliare. Non ci tengo proprio.»

Mi allontanai senza voltarmi, per raggiungere mio marito.

Affondai nel suo abbraccio come se fosse il più rassicurante dei porti e ascoltai le sue parole come se arrivassero direttamente dal cuore.

«Quando ci siamo conosciuti non mi aspettavo nulla da quell'incontro, ma suppongo che sia così per tutti i primi incontri, altrimenti non li chiamerebbero 'primi incontri', no? La verità è che io ho impiegato meno di cinque minuti a innamorarmi di te e credo che, se non ti avessi parlato, non ti avessi chiesto di rivederci, ti avrei comunque ricordata per sempre. Tu invece mi hai dato del tempo e mi hai cullato in un falso senso di sicurezza che solo l'amore può infondere. Quando te ne sei andata, pensavo di morire. Dopo averti lasciata al ristorante, sono tornato subito indietro. Non c'eri più. Ho camminato per ore nel quartiere e non sono mai stato tanto male. Cercavo qualcuno che in realtà non mi voleva. Poi ho provato a dimenticarti, finché un giorno tuo padre non mi ha chiamato per dirmi cosa ti era successo. Lì, mi sono accorto che non era cambiato niente e che non avrei potuto immaginarti lontana. Io ci ho provato, Aurora, e quando mi hai chiesto di sposarti, ho creduto di esserci anche riuscito.»

Lo abbracciai con forza, perché non riuscivo a trovare le parole. Era come se avesse risposto lui a tutto.

Mi voltai a cercare mio padre tra gli invitati, ma di lui non c'era traccia. Sapevo che se n'era andato, lo sapevo e basta. Lo faceva sempre, prima che la festa fosse finita anche per gli altri.

Accadde dopo che quasi tutti gli invitati se ne furono andati. Mi avvicinai a mia suocera, che se ne stava impalata a guardare fuori dalla finestra del ristorante.

«È stata una bella festa», le dissi, chiedendomi se anche lei avesse dovuto digerire la scelta di Luca di continuare a volermi bene nonostante la mia fuga, o se suo figlio non gliene avesse mai parlato per evitare che cambiasse opinione su di me. In fondo, lei non si era mai intromessa, o almeno questo era quello che sapevo.

Anita si voltò verso di me come se mi vedesse per la prima volta.

«Ti senti bene?» le chiesi.

Mi osservò. Fu un attimo. Un vuoto impercettibile nel nero delle pupille, come un brutto presentimento.

Annuì. Un gesto lento, quasi mi consegnasse un segreto.

Più tardi, mi avvicinai a mio marito.

Avrei voluto dirgli qualcosa, ma non sapevo da dove iniziare.

Gli occhi di sua madre erano tornati vivi e forse io ero solo troppo apprensiva.

«SUA madre non è una donna così anziana. Lo stato confusionale, la perdita della memoria, atteggiamenti insoliti sono collegabili al naturale processo di deterioramento che mente e corpo subiscono con il passare degli anni, ma temo che sia altro...»

Quel vuoto si era ripetuto. Una dimenticanza, qualche confusione, un nome ripetuto per anni che proprio non riesci a pronunciare.

Luca decise di fare qualcosa.

Il medico ci sconsigliò di allontanarla dal suo ambiente naturale, perché questo avrebbe peggiorato la situazione.

Luca lo guardò come se lo avesse appena accusato di qualcosa.

«Non ho intenzione di mettere mia madre in una casa di cura, se è questo che intende.»

Nel giro di poco tempo comprendemmo che una massa si era formata nel cervello di mia suocera e che non avrebbe più potuto vivere da sola.

Accadde una sera. La donna che si occupava di lei ci telefonò allarmata. Aveva appena chiamato i soccorsi perché Anita era caduta. Quando arrivammo al Pronto soccorso, la trovammo distesa su un lettino con un grosso cerotto sulla fronte.

«Le hanno dato un paio di punti e ora vogliono che resti qui per qualche ora in osservazione», ci riferì la donna, visibilmente mortificata.

Luca si sedette vicino alla madre.

«Me ne occupo io ora, può andare.»

La donna si alzò e io l'accompagnai fino alla porta.

«Mi sono distratta solo un attimo. Si stava sedendo ma, non so come, l'ho vista cadere...»

Appoggiai una mano sul suo braccio e cercai di tranquillizzarla.

«Resto qui stanotte», mi disse Luca poco dopo, quando avemmo ottenuto il permesso di riportarla a casa.

Era ovvio e io non mi stupii, tuttavia, mentre entravo nel nostro appartamento, mi resi conto che quella sarebbe stata la prima volta che avremmo dormito separati da quando ero tornata dall'Inghilterra.

Guardai fuori dalla finestra della cucina. Il vento agitava i rami degli alberi e la persiana del bagno sbatteva contro la facciata della casa. Andai a bloccarla, spensi tutte le luci e mi ritirai nella nostra stanza. La guardai. C'era il nostro letto, lo specchio che mi rifletteva ogni mattina e l'armadio con tutti i nostri vestiti, lo stesso che era rimasto parzialmente vuoto quando me n'ero andata.

Fuori echeggiò una sirena della polizia. Mi voltai verso la finestra e vidi un lampeggiante blu sfrecciare nel buio per poi sparire in velocità; qualcosa mi tornò in mente. Era tutto alla rovescia e c'era fumo denso, che diradandosi scoprì il suo viso. Lo capii subito che era morto e mi sentii come se mi mancasse l'aria anche nella nostra stanza.

Pochi minuti dopo, avevo infilato la giacca e stavo raggiungendo la casa di mia suocera. Non ero più capace di stare sola e questo era il regalo di nozze più importante che avessi ricevuto.

«Non volevo lasciarti solo...» mi giustificai quando Luca mi aprì la porta.

Mi abbracciò e scoppiò in lacrime. Anche a questo non ero preparata, ma sapevo esattamente cosa fare.

Ci coricammo nel divano letto che sua madre aveva sistemato dove prima c'era la camera di Luca e rimanemmo a guardare il soffitto in silenzio.

«Dovremmo trasferirci qui», annunciai.

Luca si voltò verso di me.

«Casa nostra è troppo piccola», continuai.

«Stai dicendo davvero?»

«Io sono a casa quasi tutti i pomeriggi, potremmo organizzarci con una persona che stia con lei solo al mattino.»

La sua mano cercò la mia al buio.

«Dimmi la verità, lo fai perché pensi di avere qualcosa di cui sdebitarti?»

«No. Lo faccio perché non ho più una madre da accudire.»

Iniziò così un'altra fase della nostra vita. Nel giro di pochi giorni lasciammo il nostro appartamento e risistemammo quello di Anita. La nostra stanza divenne più piccola ma, facendo un po' di pulizia tra le cose di mia suocera, cose di cui lentamente si stava dimenticando, riuscimmo più o meno a portare quasi tutto con noi.

Impiegammo un po' a prendere le misure con i nuovi spazi, con la presenza di altre persone che scandivano i nostri tempi e con la difficoltà a trovare un po' di intimità.

Un pomeriggio, mentre stavo finendo di correggere i compiti, Anita venne in sala e si sedette vicino a me. Le allungai i fogli sui quali stavo mettendo i voti, pensando che la incuriosissero.

«Mi piacerebbe farti vedere un posto», mi disse.

«Quale?»

«È in montagna», rispose indicando l'entroterra della nostra città. «Vicino al fiume, in fondo alla valle del paese in cui sono nata.»

Vegni, così si chiamava il paese. Non c'ero mai stata e forse nemmeno lei ci era tornata da quando si era trasferita in città.

«Sono posti che si possono raggiungere solo per due motivi: o perché li conosci, o perché ti ci ritrovi dopo esserti perso. Ci capitai la prima volta tanti anni fa. Ero già una ragazza, ma non uscivo quasi mai da sola. Il mondo era così diverso. Sbucai dal bosco seguendo la sinfonia del fiume. Mi sedetti su un grosso masso e rimasi a fissare il mio riflesso che si deformava. Un giorno, tornai nello stesso punto, con una coperta e un libro. Mi piaceva leggere, ma non era mai bello farlo davanti agli altri. Mia madre si preoccupava quando intuiva che mi sarebbe piaciuto avere anche altro dalla vita. Non solo cucinare o cucire, intendo. A quei tempi era così. Le ambizioni venivano scambiate per pruriti da ragazze facili che poi avrebbero fatto una brutta fine.

«Così mia mamma, quando mi vedeva con un libro in mano, mi chiamava con urgenza e mi implorava di aiutarla a rammendare una tenda o a fare l'orlo di un pantalone. Non me lo ordinava mai. Mi supplicava come se senza il mio aiuto non avesse potuto cavarsela. A volte la odiavo, ma credo che per lei fosse solo difficile dirmi di no. No, non puoi studiare; no, non puoi viaggiare; e sì, la vita è questa qui. Così, sperava che io semplicemente non formulassi la domanda che più temeva: 'Cosa c'è laggiù?'»

Mi alzai e misi la teiera sul fuoco. Spostai tutti i compiti e apparecchiai con un paio di tazze e dello zucchero.

Lei continuò.

«Un giorno d'estate tornai nel mio luogo di pace. Avevo infilato nella borsa un po' di pane e un libro che avevo rubato nella casa dei vicini. Quando arrivai, lo vidi. Era un ragazzo. Stava cercando qualcosa. Delle bacche, dei funghi, degli animali. Indietreggiai imbarazzata e innervosita. Quel posto era mio e doverlo spiegare sarebbe stato complicato, ma poi lui alzò il volto e mi sorrise. Mi fece un cenno di benvenuto, come se mi invitasse a entrare.

«Eravamo soli in mezzo al nulla, ma non ho mai avuto timore di lui. Ci sedemmo a guardare il fiume in silenzio. Lo ricordo così bene quel momento. Un piccolo grido si levò da un albero dietro di noi e così vedemmo un uccello planare vicino alla sponda, un pesce guizzò dall'acqua e le campane del paese suonarono lontane. Fu come se tutte quelle magie fossero un segnale e così lui si sentì autorizzato a interessarsi a me. Mi domandò chi fossi, da dove venissi e cosa facessi lì.

«'Anita, da Vegni, e mi nascondo per leggere.'

«Lui mi sorrise e allungò una mano verso il libro. Lo afferrò e lo aprì. Iniziò a leggere le prime pagine. Era una storia piena di avventura e passione di cui non ascoltai nemmeno una parola. Mi bastava il suono della sua voce e fu come se improvvisamente nella mia vita fosse entrata anche la musica.»

Appoggiai la tazza sul tavolo e la guardai.

«Sapresti ritornarci?» le domandai.

Lei annuì e le sue guance si coprirono di un lieve rossore.

* * *

Salimmo in auto poco dopo. Anita non aveva impiegato molto a vestirsi. Durante il viaggio rimanemmo in silenzio. Ogni tanto la guardavo. I suoi occhi erano fissi fuori dal finestrino e il suo corpo cambiò postura a mano a mano che ci avvicinavamo a luoghi che dovevano fare parte della sua vita. Si stava rilassando.

Guidai per un'oretta e mi fermai in uno slargo sterrato da cui partiva un sentiero che costeggiava il fiume. Quando scendemmo, la osservai. La gonna grigia e la maglia azzurra. Portava i capelli tirati indietro come sempre, ma sembrava diversa. Sollevata? Sana?

Il sole era ancora alto e io fui invasa da una sensazione di bellezza, come se stessi facendo qualcosa di giusto. Anita si avventurò verso il sentiero. Sapeva dove andare. Il terreno era leggermente in salita e io fissavo la schiena della donna davanti a me mentre procedeva lenta ma con decisione. Appena lo spazio me lo permise, la affiancai e infilai il braccio sotto al suo. Avvertii la mano calda intrecciare le mie dita e il suo volto sorridere. L'aria sapeva di resina e muschio. Quando arrivammo al fiume, lo riconobbi anch'io. C'era ancora il masso di cui mi aveva parlato e, se ti ci sedevi, potevi guardare il tuo volto deformarsi nello scorrere dell'acqua.

Anita rimase immobile. Fu sopraffatta dall'emozione.

«È qui...» mormorò mentre le lacrime le scendevano sulle guance.

Stesi un vecchio lenzuolo che avevo portato con noi e l'aiutai a sedersi vicino a me.

«Era alto e robusto. Aveva la pelle chiara e i capelli lisci. Quando sorrideva, mi sembrava di non riuscire a resistergli. Così quel giorno, quando lo baciai, tenni il suo volto tra le mani e sfiorai le sue labbra con le mie. Lui sussurrò il mio nome. Da quel momento, questo luogo smise di essere mio: era diventato nostro...»

Ascoltavo le sue parole comprendendole nel più intimo dei significati. Una parte del mio cuore avrebbe voluto prenderla di peso e riportarla a casa perché la smettesse di portare anche me indietro nel tempo; l'altra, invece, la implorava di continuare.

«Si chiamava Giacomo e abitava in un paese più lontano. Doveva fare molta più strada per raggiungermi, ma non sembrava mai che gli dispiacesse. Non ci davamo un vero appuntamento e così ogni volta affrontavo il sentiero con il cuore in gola, perché non avevo mai la certezza di trovarlo. Vedi, Aurora, quella fu la prima volta che toccai la vita. Quell'ansia che si scioglieva quando avvistavo la sua ombra concretizzarsi tra i rami a ogni passo mi faceva sentire libera, potente, capace di qualsiasi cosa.»

I suoi occhi si aggrapparono ai miei come se mi stesse dicendo qualcos'altro, che riguardava anche me.

«Un giorno arrivai prima di lui. Mi sedetti qui, ma avvertivo la disperazione arrampicarsi sulla pelle, finché finalmente comparve. Aveva un cestino pieno di frutti di bosco. Li aveva raccolti per noi, per questo era in ritardo. Scoppiai a piangere e lui mi guardò con tenerezza. Si sedette accanto a me e mi abbracciò con forza, come se mi volesse trasmettere energia, calore e sicurezza. È questo che ricordo.

«Quando posò la sua mano sulla mia guancia, sentii il profumo delle more che aveva colto. Sulla pelle del braccio c'erano i graffi freschi lasciati dai rovi.

«Guardavo il cielo limpido sopra di noi, ascoltavo l'acqua cullarci come una ninna nanna e gli alberi fare da sentinelle al nostro amore che sbocciava all'insaputa del mondo.

«Poi un giorno, mentre ero in camera mia insieme a mia madre a riordinare, l'ho sentito. Era il mio nome e non solo quello.

«'Anita, ti amo!'

«Arrivava da lontano come fa l'eco quando, pur avendo rimbalzato sui monti, raggiunge le tue orecchie senza stancarsi. Lasciai tutto e corsi da lui. Giunsi qui e fu ancora bellissimo. Pensavo che sarebbe stato l'inizio, la vita che arrivava passando per la strada principale. Quella sera ci lasciammo con un bacio e una promessa.

«Tornai qui ogni giorno fino all'autunno e poi con la neve. Lui non venne mai più. Un giorno credetti addirittura di vederlo e iniziai a correre nel bosco gridando il suo nome. Urlai così forte da sentire la gola bruciare. Speravo che la mia voce lo raggiungesse e lo trascinasse da me. Una volta aveva funzionato.

«Seppi dell'incidente per caso. Ne parlavano le donne che si riunivano dopo la messa. Un ragazzo del loro paese era caduto mentre aiutava il padre ad aggiustare il tetto. Un'incoscienza o una fatalità. 'Si chiamava Giacomo ed era così un bravo ragazzo', lo commemorò una delle signore che aveva fermato mia madre per informarla di quello che accadeva nel mondo intorno. Mia mamma allungò una mano sulla mia e la strinse senza guardarmi. Era il segnale che quell'eco l'aveva sentita anche lei.»

Anita si voltò a guardarmi.

«Prima o poi, dei propri dolori bisogna parlare», mi disse.

Strizzai gli occhi troppo tardi per fermare il mio pianto. Anita allungò una mano sulla mia spalla e mi trascinò verso di sé. La lasciai fare perché, in tutto quello che la vita mi aveva regalato, mancava solo un abbraccio di madre.

Poco dopo aver parcheggiato sotto casa, Anita mi strinse il braccio.

«Gli errori sono come i ricordi che nascondi in cantina.

Puoi chiuderli dentro una scatola che infilerai nel fondo di uno scaffale, pronta solo a raccogliere polvere, ma da qualche parte, nel tuo cuore, saprai sempre cosa contiene e soprattutto non dimenticherai mai di non doverla aprire.»

Quando rientrammo, trovammo Luca in agitazione.

«Siamo solo andate a fare un giro.»

«Un giro? Dove? Il tuo telefono era spento.»

Ci avvicinammo entrambe a lui e ci lasciammo abbracciare.

«Posso sapere perché avete dei fili d'erba addosso?»

«Preparo la cena, avete fame?» chiesi.

«Sì, mi è venuto appetito...» rispose Anita.

Luca aggrottò la fronte e si adeguò senza fare ulteriori domande, perché non c'era nient'altro da aggiungere almeno per quel giorno.

Aiutai Anita a mettersi a letto quella sera.

«Sei così simile a Luca», le dissi mentre le sistemavo il cuscino dietro la testa. «Avete lo stesso sentimento puro per la vita e siete così altruisti», conclusi, quasi parlassi tra me e me.

«Ti sbagli», mi disse lei trattenendomi per una mano. «Io assomiglio a te!»

Quella notte io e Luca riuscimmo a fare l'amore per la prima volta da quando ci eravamo trasferiti. Fu come se il muro che separava la nostra stanza da quella di sua madre all'improvviso si fosse insonorizzato, o forse ero semplicemente io che mi sentivo come se avessi ricevuto la benedizione che attendevo.

Dal giorno della nostra gita, le condizioni fisiche di Anita peggiorarono. Iniziò a tossire e, nel giro di poco tempo, fu assorbita da una febbre difficile da domare. Il volto sciupato, il colorito terreo rivelavano tutta la sua stanchezza.

Mi ero praticamente trasferita nella sua stanza. Avevo voglia di prendermi cura di lei. Quando rimanevamo da sole, provavo a raccontarle la sua storia. Le descrivevo la radura accanto al fiume, gli alberi rigogliosi e il verde acceso dell'erba. Un giorno, tornando da scuola, acquistai un cestino di more e lo adagiai accanto al suo letto.

Presi una spugna e dell'acqua calda. Le accarezzavo la pelle e le cambiavo la camicia da notte. Poi mi sedevo e ricominciavo da capo. Parlavo di lei come se parlassi di me e questo mi faceva bene.

Una mattina agitò un braccio scarno. Mi avvicinai.

«Lasciati amare da questa vita. Un giorno sarai troppo stanca anche tu per i rimpianti.»

«Anita, ma come fai?» le chiesi.

«Non si può pretendere dai figli quello che non abbiamo avuto dalla nostra vita», mi rispose, e per un attimo fu come se fossi riuscita a sentire la voce di mia madre.

Poi, la sua assenza sembrò diventare ancora più solida. Chiamai Luca e gli dissi di avvertire anche suo fratello.

Lui si sedette sul letto e le accarezzò la mano.

Quando arrivò il momento, eravamo tutti lì. Mio marito la fissò fino a quando la consapevolezza lo spinse ad alzarsi. Per un attimo sembrò in preda al panico. Scosse le lenzuola e le cercò il cuore. Mise le mani una sopra l'altra come se volesse riportarla in vita. Lo abbracciai e strinsi le sue dita tra le mie.

«Devi piangere», lo supplicai, «perché non esiste altro modo di onorare una vita che ti ha fatto tanto bene.»

UN paio di giorni dopo, un piccolo gruppo di persone si radunò in chiesa per darle l'ultimo saluto. Fu una cerimonia intensa. Il prete, un uomo ormai anziano, conosceva Anita da diversi anni. Ricordò tutte le volte che accorreva ad aiutarlo per addobbare la chiesa prima delle feste più importanti. Fu piacevole ascoltare questi racconti e fu importante sapere che, tra tutte quelle persone che l'avevano conosciuta, solo io forse custodivo il più importante.

Dopo aver accolto le condoglianze, i miei occhi incrociarono quelli di Luca sopra il tetto della nostra auto, poco prima di salire per seguire il carro funebre che l'avrebbe portata al cimitero. Erano spalancati, quasi spaventati, come quelli dei bambini che non riescono ancora a nascondere nulla. Gli strinsi la mano prima che mettesse in moto.

Mia suocera aveva acquistato un posto accanto al marito nel cimitero del paese in cui era nata.

Durante il viaggio rimanemmo in silenzio. C'era più traffico del solito, o almeno più di quando avevo percorso io quella strada con Anita seduta accanto.

Quando lasciammo la strada principale, riconobbi lo spiazzo su cui ci eravamo fermate e, mentre l'auto proseguiva in salita, mi girai per vedere se fossi stata in grado di scorgere la radura. Sorrisi pensando che ad Anita quell'ultimo viaggio doveva essere piaciuto molto.

Il cimitero era molto più grande di quanto avrei mai immaginato.

«È stato un paese molto abitato in passato?» domandai stringendo la cintura del cappotto per impedire all'umidità di arrampicarsi su di me.

«È il cimitero di tutti i paesi della vallata. Pensa che tra di loro si odiavano, ma per morire decisero di stare vicini. Fa riflettere, no?»

«Tutte le guerre sono finite con la morte dei loro sostenitori.»

Poi, mentre Luca sbrigava le pratiche burocratiche, io decisi di andare a cercarlo. Si chiamava Giacomo e doveva essere morto prima che Luca nascesse. Iniziai a fare qualche calcolo e mi misi a fissare i nomi riportati sulle lapidi. Mi fermai poco dopo. Nella fila proprio accanto a quella dove sarebbe stata seppellita Anita.

Mi avvicinai per pulire dallo sporco la data e la fotografia incastrata sotto il vetro. Giacomo sorrideva esattamente come mi aveva raccontato Anita.

Mi voltai ancora a guardare gli uomini che stavano scavando a pochi metri e pensai che quello scatolone pieno di ricordi abbandonato in cantina finalmente poteva essere dimenticato.

Mentre scendevamo, ruppi il silenzio e chiesi a Luca di fermare l'auto nel posto in cui mi aveva portata Anita. Camminammo lungo il sentiero e arrivammo nella radura.

«Questo posto era tanto caro a tua madre.»

«Davvero?»

«Sì.»

«Perché? Te l'ha detto?»

«Credo che si fosse innamorata qui…»

Luca sorrise.

«Dev'essere il posto in cui ha conosciuto papà. Abitavano vicini e si conoscevano da sempre. Lui un giorno la vide piangere dietro casa sua; mia nonna doveva essere una donna molto severa. La consolò. Si sposarono poco dopo – funzionava così una volta – e poi arrivai io. Mamma mi diceva sempre che era passata dall'essere una bambina a una madre nel giro di un attimo. Probabilmente venivano qui a fare il bagno. Chissà, magari è qui che mi hanno immaginato la prima volta.»

Lo lasciai parlare finché rimanemmo in silenzio qualche minuto a pensarla, ognuno per quello che ricordava.

Luca

RINCONTRAI Celeste per caso, diverso tempo dopo.

Era stata una lunghissima giornata di lavoro e io e Anna avevamo analizzato i dati di uno studio almeno una decina di volte. I conti non tornavano, così avevamo fotocopiato il materiale e ognuno si era trovato un posto tranquillo dove poter riesaminare ogni passaggio.

Alle sei del pomeriggio ci eravamo ritrovati sconfitti davanti alla mia scrivania.

«Propongo di riprenderli domani a mente fresca. Stasera rischiamo solo di farci saltare i nervi.»

Lei annuì. Ci infilammo le giacche e uscimmo dall'ufficio.

«Incredibile! Fuori c'è ancora la luce», esclamò lei.

«Stiamo così tante ore chiusi lì dentro che a volte non mi accorgo nemmeno dei giorni che passano. Se non fossero scritti sul calendario...»

«Ora hai capito a cosa servono: senza, faremmo la fine di Robinson Crusoe. Ti va di bere qualcosa o devi scappare a casa?» mi chiese.

«Ce lo siamo meritati. Magari un goccio di alcol ci fa venire un'idea geniale per risolvere il problema», le risposi mentre mi dirigevo verso il bar più vicino all'ufficio, quello in cui di solito trascorrevo le mie pause pranzo.

«Se così fosse, dovremmo portarci della vodka al lavoro!»

Scherzammo un po', ma poi riprendemmo a parlare di quello che ci preoccupava. Lo studio era perfetto, ma all'appello mancavano le schede di un paio di pazienti e questo poteva aprire scenari infiniti, alcuni raccapriccianti e pericolosi.

«Secondo te, le hanno fatte sparire loro?»

«Loro chi? L'azienda farmaceutica o l'ospedale?»

Anna alzò le spalle. Se avessimo saputo cosa mancava, avremmo potuto intuire chi ne avrebbe tratto più profitto.

«E se fosse un evento avverso grave? L'azienda potrebbe averlo occultato così da non doverlo dichiarare.»

«Ma non avrebbe potuto farlo senza la complicità del clinico. Forse stiamo esagerando.»

«Però non sarebbe male essere coinvolti in uno scandalo sanitario, sai, di quelli che fanno tremare le gambe ai dirigenti e ai ministri...»

«Mi sa che guardi troppa televisione, ragazza!»

«E se fosse negligenza nostra? Potremmo averle perse nel trasporto o durante qualche ispezione.»

La cameriera ci servì i nostri calici e noi decidemmo comunque di brindare.

Anna mi colpì una mano.

«Scusa, era una zanzara.»

Non feci nemmeno in tempo a capire che la vidi.

Celeste era dietro di lei e forse da lì aveva solo visto la mano della mia collega avvicinarsi alla mia come se mi avesse accarezzato.

Si fermò davanti a me.

«Celeste...» mormorai.

Anna si voltò per guardare chi stessi salutando.

«Abbiamo scopato tre volte. A casa mia. Diceva che tu non c'eri», annunciò guardando la mia collega.

Anna sgranò gli occhi, mentre Celeste decise di spiegarle cosa facevo mentre lei mi accarezzava la schiena e i glutei, quali suoni emettevo mentre stavo per raggiungere il piacere e quanto adorassi essere leccato proprio vicino alla voglia rosa che ho sulla coscia.

Poi, per fortuna, se ne andò.

Anna si girò verso di me. Rimanemmo immobili a fissarci, finché lei non scoppiò a ridere e io divenni rosso come un peperone.

Appena ritrovai le forze, mi alzai.

«Dove vai?» mi chiese Anna trattenendomi per un braccio.

«A fermarla e a dirle quello che non si deve permettere.»

«Siediti!» mi ordinò.

«Perché?»

«Perché lei pensa che io sia Aurora e in questo momento si sentirà tutta soddisfatta di averti rovinato la vita. Se scopre che sono solo la tua collega, ti converrà girare con una guardia del corpo: quella è capace di piantonare casa tua!»

Forse aveva ragione. Scrollai la testa in silenzio, come se non riuscissi a credere che fosse accaduto davvero, finché iniziai a ridacchiare come un pazzo, mentre Anna imitava Celeste e ripeteva buona parte delle cose più imbarazzanti che aveva sentito prima.

«Ti va di venire a cena a casa nostra? Vorrei farti conoscere Aurora. Credo sia giusto, visto quello che è successo...»

Anna accettò.

Quando salimmo in auto, le dissi: «Non l'ho mai tradita. Credevo che se ne fosse andata per sempre».

«Non ne ho mai dubitato. Altrimenti quella non sarebbe stata così arrabbiata, te lo garantisco!»

Poi si voltò a guardarmi.

«Cosa c'è?»

«Davvero ululi in quel modo?» mi chiese facendo una smorfia.

«Ma no, stava esagerando!»

«È stato uno degli aperitivi più istruttivi della mia vita.»

«Perché?»

«Ho scoperto che sei umano e che hai una voglia su una coscia: non vedo l'ora di usarlo per ricattarti!» sentenziò sfregandosi le mani in modo vistoso.

Continuammo a ridere fino a casa e scherzammo fino all'arrivo di Aurora.

Aurora

QUALCHE giorno dopo il funerale della madre, Luca si prese un giorno di ferie per raggiungere Sanremo. Sua cognata doveva partorire e suo fratello gli chiese di stare con i bambini.

Durante la pausa pranzo, mi telefonò sul cellulare e mi disse che era andato a prendere i nipoti a scuola; in quel momento si trovava in cortile in attesa che uscissero. Mi spiegò il programma della sua giornata. Dopo averli portati a pranzo, avrebbe atteso istruzioni dall'ospedale. Se il parto non si fosse ancora concluso, il fratello voleva che i ragazzi andassero una a lezione di danza e l'altro a judo. Al contrario, se fosse arrivata la buona notizia, si sarebbero precipitati a conoscere il fratellino. La sua voce sembrava felice, carica di responsabilità ma divertita. Quando riattaccai, non riuscii a fare a meno di immaginarlo mentre si agitava per afferrare i due ragazzini tra un mare di scalmanati e cercava di convincerli a salire in auto. Poi, mi domandai come avrebbe potuto gestire entrambe le lezioni sportive contemporaneamente, ma smisi di preoccuparmi subito. Lui era Luca.

Ci pensai per tutto il giorno. Non a lui, ma all'euforia che avevo percepito nella sua voce. E la mia testa mi trascinò crudelmente in quell'ospedale inglese dove nessuno aveva avuto niente da festeggiare e io avevo perso l'occasione di diventare madre.

Il piccolo nacque a metà pomeriggio e Luca accompagnò i nipoti dalla madre esausta. Io presi un treno e li raggiunsi appena in tempo per poterli vedere. Rimasi a fissare la culla attraverso il vetro, chiedendomi come fosse stato possibile che il mondo non mi fosse crollato addosso. Poi, Luca mi abbracciò e quella, credo, fu la risposta.

Qualche sera dopo, andammo a cenare al ristorante. Luca ordinò delle melanzane ripiene e il coniglio in umido, i piatti preferiti di sua madre. Dopo aver brindato alla sua memoria e averle chiesto di non perderci di vista da lassù, mi guardò negli occhi e mi chiese di fare un figlio.

Quella notte fu speciale, Luca mi stringeva forte e mi faceva ridere.

«Come si chiama quel matematico che ha messo in fila tutti quei numeri facendoci credere di aver fatto una cosa geniale?» mi chiese mentre la sua mano mi scivolava sulla pancia.

«Chi? Fibonacci?»

«Sì, Fibonacci, maremma...» ripeté improvvisando un accento toscano che lo rendeva frivolo, cosa a cui non ero abituata. Luca non usciva mai dai suoi panni, se non per farsi rispettare.

«E cos'ha inventato 'sto genio?» continuò con la sua recita.

«Una sequenza numerica in cui ciascun numero è la somma dei precedenti», dissi tutto d'un fiato mentre i brividi che mi provocavano le sue mani mi fecero inarcare la schiena.

«A cosa serve?» insistette mentre la sua pelle scivolava sulla mia.

«Voleva trovare una legge matematica per descrivere la proliferazione dei conigli», risposi con un filo di voce.

«Interessante... vai avanti...»

Le sue dita continuavano a muoversi sicure su di me.

Ci provai. Tentai di spiegare come una coppia di conigli fertili ne generasse un'altra e come, dopo due mesi, questa ne generasse un'altra e così via, ma il piacere mi colse nel mezzo dei conti e fu così intenso da stordirmi, perché raramente è possibile fare due cose che ami contemporaneamente.

Qualche minuto dopo, sdraiati uno di fianco all'altra a riprendere fiato, Luca disse: «Credo che questo Fibonacci diventerà il mio matematico preferito. Non ho capito granché della sua idea, ma sembra geniale: mettersi a ragionare sulla proliferazione degli animali più prolifici del mondo è da veri matti».

Sorrisi al buio. Avrei voluto sottolineare che la sequenza di Fibonacci si trova dappertutto in natura – nelle pigne, nel rapporto tra le lunghezze dei nostri arti, nei frattali e persino nella musica – e un biologo avrebbe dovuto saperlo, quando mi accorsi che la stanchezza era stata più veloce di me e Luca stava già dormendo.

Non c'era nulla di strano. Avere un figlio per una coppia che stava insieme da così tanto tempo era annoverabile tra i desideri normali.

E quando, pochi giorni dopo, mi arrivò la convocazione a sostituire una collega per un intero anno, non ebbi molti dubbi sulla motivazione della sua assenza. Mi chiesi se non fosse un segno del destino e come avrei dovuto interpretarlo. Come se qualcuna fosse arrivata prima di me e io dovessi aspettare? La verità era che, ogni volta che ci pensavo, la mia mente tornava là, mentre con la testa capovolta incrociavo gli occhi acquosi di Raffaele. Sapevo di essere incinta. Lo sentivo. E, se quella mattina lo avessi detto, se avessi espresso almeno il dubbio, forse non saremmo mai usciti, forse ora saremmo ancora là.

Stavo camminando verso il nuovo plesso scolastico per prendere servizio, quando mi dovetti fermare.

Stavo vivendo l'altra vita? Possibile che avessi avuto una seconda chance? Avevo scelto il percorso senza esitazioni quel giorno. Ero andata sicura verso la direzione ed ero certa di non aver visto nessun cartello che avvertisse «strada senza uscita», prima o poi si torna indietro.

Con Luca non ne avevo mai più parlato. L'Inghilterra, Londra e Raffaele erano diventati un nostro tabù, come se entrambi fossimo aggrappati alla cura del tempo. Quello che era accaduto era stato seppellito da qualche parte sotto una pila di spiegazioni su cui pesava la più comprensibile. Ero giovane. Avevo fatto una ragazzata. Non era stato mai esplicitato e Luca non lo avrebbe mai detto, ma sapevo quali erano i suoi pensieri e forse era per questo che Anita aveva portato me laggiù, nel suo posto più bello.

Immaginai mio marito che si perdeva tra le braccia della madre mentre le raccontava quello che era successo, obbligandola a tornare nel suo passato, quando era giovane, ad ascoltare l'eco del suo nome che rimbalzava nella valle. I loro dolori si mescolavano mentre lei gli chiedeva di comprendere e di perdonare. Lei aveva capito, o forse, di quella comprensione e di quel perdono, ne aveva bisogno anche per sé.

Mi chiesi se fosse successo davvero o se fosse solo un caso che Anita aveva confessato proprio a me qualcosa di cui probabilmente non aveva mai parlato. È possibile che due anime si riconoscano non per età, educazione, cultura, ma perché portano sulla carne la medesima ferita? Se la matematica può definire la struttura che cesella la natura, di certo non può fare molto per spiegare cosa lega due persone. Per questo ci vuole l'immaginazione. E, se io ne avessi avuta di più, avrei potuto gridare che da quella ragazzata sarebbe nato un figlio.

Una volta sul portone della scuola, feci un lungo respiro e mi avventurai alla ricerca della presidenza.

Quando entrai nell'ufficio, fui accolta con un sorriso cordiale.

La preside si presentò e poi mi indicò la collega che avrei sostituito. Era incinta, come avevo supposto. La pancia era appena visibile dalla piega che il suo maglione prendeva subito sotto il seno, ma il suo viso era gonfio e gli occhi erano segnati. Mi strinse la mano e, quando mi guardò, allontanò ogni dubbio sulla gioia che stava vivendo. Chiacchierammo un po' per il passaggio delle consegne. Mi illustrò brevemente il lavoro che aveva impostato e cosa avrebbe avuto intenzione di fare. Poi se ne andò.

Più tardi, alla fine della mia prima lezione, mi resi conto di aver pensato alla pancia della mia collega, al suo seno gonfio e alla scompostezza della sua maglia per tutto il tempo, anche durante la spiegazione delle matrici. Così, una volta fuori, decisi di iniziare a fare le cose con calma e nel modo corretto.

Chiamai la mia ginecologa.

La visita fu accurata ma, come se avesse acceso il radar telepatico o fosse semplicemente brava nel suo lavoro, mi chiese: «Non lo volete un bambino?»

«Be', sì... abbiamo iniziato a pensarci...»

«Da quanto tempo?»

«Veramente... da poco. Abbiamo rapporti tutte le settimane, ogni domenica», aggiunsi.

La dottoressa mi guardò e, se avessi avuto la capacità di leggerle nel pensiero, ci avrei visto un mare di ovvietà sul fatto che, per concepire un figlio, a volte basta anche una sola occasione; altre, nemmeno la fede in Dio.

«Bene. La fertilità è una curva gaussiana», si limitò a dire, compiaciuta di poter usare una parola difficile con qualcuno che sapeva l'avrebbe capita.

«Ma io ho trentasei anni», risposi, cercando di tornare nel terreno dei comuni mortali.

«Appunto, il picco l'ha già superato da un po'.»

«Ma tutte le mie colleghe restano incinte adesso e hanno più o meno la mia età, dopo aver stabilizzato il lavoro.»

«Certamente, voglio solo dire che vi dovete dare da fare, senza demoralizzarvi se non accadesse al primo tentativo. In media, passa un anno», continuò, con un tono quasi materno.

Anche il termine «in media» aveva un significato preciso per me: se io mangio un pollo intero e tu mi stai solo a guardare, in media abbiamo mangiato mezzo pollo a testa.

«Quindi, per ogni persona che ci impiega almeno due anni, qualcuno ci riesce al primo colpo», commentai con un velo di provocazione, ma forse per apparire più lucida di quanto mi sentissi realmente.

Lei annuì e, con un sorriso, mi assestò il colpo decisivo.

«Ogni donna nasce con circa quattrocentomila ovuli e, tra i venti e i venticinque anni, la sua fertilità relativa è al cento per cento. Fra i trentacinque e i quaranta questo valore scende sotto il venticinque per cento e dopo...»

«Ho capito. Stasera salto addosso a mio marito», ironizzai.

«Le consiglio di acquistare degli stick che rivelano la presenza di ormone luteinizzante LH, che indica il periodo più fertile. Aspetti, dovrei avere dei campioni...»

Si alzò di scatto e mi diede le spalle mentre rovistava dentro un cassetto stracolmo di scatole di medicinali. La tentazione di alzarmi e sparire senza salutarla fu altissima ma, quando si voltò con una scatoletta a strisce rosa e bianche stretta tra le dita, io le sorrisi e la ringraziai.

Tornando verso casa, non riuscii a smettere di pensare che il picco di fertilità mi aveva già premiata una volta.

* * *

Un mese dopo, sapevo di non essere rimasta incinta.

Ripensai alle parole della ginecologa. Non dovevo demoralizzarmi. Lo aveva detto apposta. Conosceva la materia e forse aveva spesso a che fare con le frustrazioni di chi pensa che diventare genitore non sia altro che una funzione bidirezionale come accendere l'interruttore della luce o fare una somma.

Tuttavia, andò così anche nei mesi successivi.

Io e Luca facevamo l'amore come avevamo sempre fatto. Non mi era sembrato necessario utilizzare gli stick, che tenevo ancora in borsa. Luca, da parte sua, sembrava distratto. Aveva iniziato a lavorare di più per l'apertura di una filiale in Russia che sembrava stressare tutto l'ufficio. Una sera provai a parlargliene. Presi la scatola dalla borsa e mi avvicinai.

«Devo andare a Mosca per tre giorni», mi disse, alzando appena lo sguardo su di me e senza prestare la minima attenzione a quello che tenevo tra le dita. Mi passò vicino e si sedette a tavola.

Non era mai successo che facesse delle trasferte all'estero. Immaginai che fosse una specie di promozione o un aumento di responsabilità.

Quella sera, quando entrai in camera, lo trovai già addormentato. Guardai il suo profilo e gli sistemai le coperte prima di sdraiarmi accanto a lui. Andava tutto bene, pensai.

Non si possono curare ferite che non si vedono.

La sera del suo ritorno decisi di provare lo stick. Secondo i miei calcoli da calendario, i giorni potevano essere quelli buoni e lui sarebbe rientrato giusto per cena.

Lessi attentamente le istruzioni mentre preparavo qualcosa da mangiare. Era molto semplice e, a quanto vedevo scritto, garantivano una sicurezza del novanta per cento. Guardai l'ora: Luca avrebbe dovuto essere già in volo; decisi di andare in bagno.

Poco dopo arrivò la sua telefonata.

«Il volo è stato cancellato! Ci imbarcano su quello di domani mattina. Ci danno una stanza in un hotel qui vicino.»

La conversazione era disturbata e la linea cadde più volte.

Avevo capito. Avrei cenato da sola. Un piatto, un pezzo di pane. Cibo a metà.

Buttai lo stick nella spazzatura e mi sedetti sul divano a guardare la televisione. Lasciai vagare lo sguardo intorno a me, oltre lo schermo, sui mobili e gli oggetti. Come sembrava diverso il nostro appartamento, a volte, rispetto a un tempo. Quei mobili e quegli oggetti erano sempre gli stessi. Era il mio sguardo a essere cambiato, aveva conosciuto il confronto.

Riprovai a chiamare Luca, ma il suo telefono era staccato.

Non mi aveva spiegato perché avessero addirittura cancellato il volo. Un guasto tecnico? Meglio stare lì che rischiare. Una bufera di neve? A Mosca dovrebbero esserci abituati.

Cercai notizie su internet. Nevicava, ma non sembrava esserci un'allerta particolare.

Iniziai ad accumulare i pensieri in testa e, come se avessi acceso una lampadina nel buio, pensai ad Anna. Non l'avevo più vista e Luca aveva smesso di parlarne. L'aveva invitata a casa a cena, cosa che non aveva mai fatto con nessun altro, e poi era caduta nel dimenticatoio, o solo nel silenzio. Mi alzai di scatto e riprovai a chiamarlo. Nessuna risposta.

Anna? Come potevo sapere se era andata a Mosca?

Iniziai a sentire caldo. L'occasione di avere una notte rubata in un lussuoso hotel poteva essere la tentazione che non avevano ancora colto, o forse la reiterazione di qualcosa di cui non mi ero mai accorta.

Mi bloccai al centro del salotto. E se la loro relazione fosse iniziata proprio mentre io accudivo sua madre? O prima? O dopo? O per punirmi? O perché l'amava?

Mi sentii mancare il fiato e dovetti sedermi sul divano.

Non gli avevo detto niente della visita dalla ginecologa e nemmeno degli stick, perché volevo che le cose fossero naturali, ma non ero stata io a chiedere esplicitamente di fare un figlio. Questo pensiero mi tranquillizzò. Ripensai a quella cena. Un uomo che ti chiede una cosa del genere non può avere un'amante.

Mi domandai se la vita potesse essere ridotta davvero a piccole scelte. Una persona con cui stare, una casa in cui vivere, un figlio che dia un senso a tutto il resto. Poi, la carta da parati, qualcuno che ti aiuti a sbrigare le faccende domestiche, un lavoro da abbandonare prima che arrivi l'ora di cena. E ancora un figlio. Il tempo che scorre, un tempo inventato da qualcuno a cui questo inanellare eventi evidentemente serviva, e la vita che smette di essere al presente per diventare futuro.

Cercai di distrarmi preparandomi una camomilla e poi mi allungai sul divano a guardare un film.

Verso le nove il mio telefono squillò.

La sua voce era sempre la stessa. La procedura per avere la stanza era stata burocratica e lunga. Era entrato nella sua camera in quel momento, me ne accorsi dal silenzio che gli si formò improvvisamente intorno.

«Sono distrutto! Ci vediamo domani.»

Ascoltavo le sue parole cercando di distillare i suoni in sottofondo, oltre la sua voce, ma la telefonata fu troppo breve.

Ci augurammo la buona notte senza che io riuscissi a trovare il coraggio di chiedergli se fosse da solo perché, in qualunque modo fosse stata formulata quella domanda, sarebbe stato quello sbagliato.

Decisi di fidarmi, o almeno mi convinsi che sarebbe stato così solo dopo aver controllato il profilo di Anna sui social. Impiegai un po' a trovarla tra gli amici di mio marito.

Anna però non doveva essere un animale sociale. Sul suo profilo non erano visibili molti messaggi e la maggior parte avevano un carattere intimistico. Lei che guardava il mare in attesa dell'onda giusta, lei che brindava con altre sconosciute, lei che sorrideva infilandosi un berretto di lana in testa. Non c'era nessun post che spiegasse dove si trovava negli ultimi giorni. Non c'era nessuna Piazza Rossa tra le sue foto recenti.

Poi, guardai quello di Luca. Le ultime informazioni risalivano a mesi prima, quando aveva dato l'addio a sua madre. Lessi i messaggi di cordoglio che i suoi contatti avevano lasciato sotto la foto di mia suocera, immortalata mentre sorrideva, anni prima. Di Anna nessuna traccia, nemmeno lì.

Chiusi tutto, consapevole che, se avessi continuato, avrei solo fatto fatica a prendere sonno e che, in realtà, non avevo nessun motivo di dubitare di Luca. Nessuna amica aveva cercato di mettermi in guardia, forse perché le mie conoscenti non avrebbero mai superato i limiti. Ero più una che ascoltava e questa mia diffidenza nell'aprirmi mi rendeva difficile costruire legami.

Il tempo che passa, qualcosa che smette di essere relativo per diventare molto personale.

Da quando papà se n'era andato, la nostra famiglia era ridotta all'osso. Non avevamo né cugini né altri parenti.

Me lo disse mamma, un giorno, mentre eravamo in cucina a pranzare.

Una ragazza era appena scomparsa e si parlava di lei da giorni. La famiglia aveva dichiarato di aver assunto un investigatore privato per ritrovarla.

«Potremmo assumere un investigatore anche noi.»

«E per fare cosa?» mi domandò mia madre, stupita dalla mia affermazione.

«Per ritrovare papà.»

Mia madre piegò leggermente la testa di lato.

«Ma tuo padre non si è perso... Sappiamo esattamente dov'è. Gioca alla famiglia felice con altre persone.»

«Però un investigatore potrebbe convincerlo a tornare qui e a stare con noi. Magari potrebbe farlo anche la polizia», insistetti.

«Non è compito loro.»

«E perché no? In fondo, anche noi siamo la sua famiglia.»

Non rispose. Forse non poteva, o semplicemente non era ancora pronta.

Per questo motivo, il giorno dopo mi recai da lui invece di andare a scuola.

Le ore passarono e io rimasi fuori dal suo portone. Aspettavo di vederlo uscire. Ogni tanto attraversavo la strada per osservare le finestre. Mi chiedevo quali fossero. Non ero mai entrata nel suo nuovo appartamento perché, quando lo avevo accompagnato, mi aveva elegantemente chiesto di attenderlo fuori.

Dopo qualche ora, mamma arrivò di corsa. Quando mi vide, rallentò e si portò una mano a un fianco, come se avesse male. Cercava di fare dei respiri profondi, mentre mi guardava sperando che io capissi che quello era l'ultimo posto in cui avrebbe voluto trovarsi.

«Andiamo via», mi ordinò afferrandomi per un braccio.

«Io voglio vedere.»

«Hai idea del guaio in cui ti sei cacciata?»

«Io voglio vedere.»

«Hai saltato la scuola! È una cosa gravissima.»

«Non mi interessa», le risposi.

«Lo so, ma non voglio che tu stia qui.»

«Perché?»

Mia madre si girò senza rispondermi, sperando che la seguissi.

«Perché?» insistetti, battendo addirittura un piede a terra.

Lei si voltò.

«Perché non sopporterei l'imbarazzo sul tuo viso.»

La guardai e compresi le sue parole. Se papà fosse comparso, probabilmente non sarebbe stato solo. L'altra donna ci avrebbe viste, entrambe fuori dalla loro porta: una ragazzina con lo zaino e sua madre ancora paonazza per la preoccupazione. Osservai il palazzo, il sole lo avvolgeva in una luce luminosa, leggermente rosata, e mi incamminai accanto a mia madre.

«Non è colpa tua», mi disse.

«E tu come lo sai?»

La sentii emettere una piccola risata. Un suono strozzato che conteneva un mare di pensieri. Lei lo sapeva e io lo avrei capito con il tempo.

«È che mi manca...» sputai fuori. La mano di mamma strinse forte la mia.

«Anche a me», rispose, iniziando ad accarezzarmi la pelle con il pollice.

Più tardi, sedute a tavola mentre mi riempiva il piatto di pasta, mi disse: «Forse non avremo più una forma geometrica: non siamo più un triangolo...»

Mi raddrizzai sulla sedia per paura che le sue parole avessero un significato che non sarei riuscita ad afferrare.

«... Ma per due punti passa una e una sola retta», continuò e fu chiarissima.

Nel pomeriggio, aspettai Luca in salotto. Appena lo vidi, non gli diedi nemmeno il tempo di posare la valigia e lo trascinai nella nostra stanza da letto. Lui sorrideva e mi guardava stupito. Poi, l'atmosfera si scaldò ma, forse per la stanchezza o per la situazione inaspettata, non durò a lungo.

Rimanemmo vicini per un po'.

«Eri solo a Mosca?» domandai.

«No, c'erano anche i miei colleghi.»

«Chi?»

Luca si voltò a guardarmi.

«I soliti...» aggiunse.

Non era una risposta, soprattutto per uno che non viaggiava se non occasionalmente.

Non avevo voglia di farmi prendere in giro e l'immagine di Anna che rideva nella nostra cucina era ancora indelebile nella mia testa.

«Anna?»

«Cosa ti viene in mente?»

«C'era?»

«No, lei non ha nulla a che fare con l'apertura della nuova filiale», mi rispose alzandosi dal letto.

Guardai la sua figura sparire e mi pentii di come fossi riuscita a rovinare tutto.

Luca ricomparve sulla porta.

«Posso sapere cosa succede?» mi domandò.

«In che senso?»

«Mi salti addosso come se fossi stata pagata per farlo e subito dopo mi chiedi se ho trascorso la notte con una mia collega.»

Spalancai le labbra.

«Non mi trattare come una scema: abbiamo deciso di fare un figlio e, sai com'è, per farlo non esistono tanti altri modi. Comunque, non ti ho chiesto se hai passato la notte con Anna, ma se vuoi lo faccio adesso... Allora?»

«Ti ho già risposto. Ora, se non ti dispiace, dovrei fare un salto in ufficio, non è domenica...»

Lo lasciai andare e rimasi in casa, prima sdraiata a letto a chiedermi se magari proprio in quel momento stessi concependo nostro figlio, poi a girare in salotto come un animale in gabbia che si pente di come ha gestito una situazione semplice.

Da quel momento, decisi di fare a modo mio. Avevo un obiettivo chiaro in testa. Iniziai a contare i giorni e ad avvilirmi a ogni ciclo mestruale che arrivava a rovinare tutto. Nei giorni buoni, quelli indicati dai vari stick che avevo acquistato di varie marche commerciali, mi infilavo nel letto e sussurravo frasi come «È il momento giusto» o, peggio ancora, «Adesso sono fertile». Era come se non mi rendessi conto di quello che stava accadendo. Non era una routine che aiutava le coppie a non perdere il ritmo e di certo non aveva più nulla a che fare con l'antica passione. Era più un atto di presenza alla festa organizzata per il compleanno di un vecchio parente. Se non ci vai, qualcuno si offende.

Luca non diceva nulla. Mi assecondava. Si prestava come poteva a quello che chiedevo e cercava di arginare il dolore del fallimento.

«Tu non puoi capire!» gridai un giorno dopo aver assistito a un suo tentativo di consolazione. Si era avvicinato e aveva cercato di trascinarmi a sé dicendo qualcosa che appariva totalmente sbagliato alle mie orecchie.

«Ci riproveremo la prossima volta...»

Fu come se ci fossimo trovati in mano un «gratta e vinci» privo di ricompensa.

Non so cosa accadde. La rabbia mi bruciò prima la gola e poi scese nello spazio che avrebbe dovuto occupare un bambino.

«Tu cosa ne sai? Per te è tutto uguale! Tu ti prendi solo il meglio; con l'ansia e la responsabilità me la devo vedere io!» urlai come se dovessi incanalare il mio malumore da qualche parte, perché avevo appena compreso che la vita era ingiusta.

Poco dopo, Luca mi raggiunse in camera da letto. Avevo ancora il sangue accelerato che mi scaldava le vene.

«Se pensi che quello che facciamo sia la parte divertente, ti sbagli di grosso e, se fare un bambino è questo, per me possiamo anche prenderci una pausa.»

Mi voltai di scatto, lui non c'era più. Corsi in salotto, ma non arrivai in tempo per fermarlo. La porta mi si chiuse praticamente in faccia. Indietreggiai appena e rimasi immobile al centro della stanza.

La solitudine, ecco a cosa cercavo di assomigliare mentre tentavo di rimanere sola per sempre.

QUALCHE sera dopo, fummo invitati a una festa a casa di un collega di Luca. Io avevo trascorso quei giorni senza nominare mai Anna e cercando di fare finta che fosse normale che Luca rientrasse sempre tardi dal lavoro e non avesse molta voglia di raccontare e nemmeno di fare l'amore, anche se in cuor mio avevo ben chiaro il tempo che stavamo perdendo.

Una volta entrati nell'abitazione, mi accorsi di non conoscere praticamente nessuno, mentre Luca stringeva mani e continuava a presentarmi come se fossi sua moglie da poche settimane. Quando mi affacciai nel salone, dove si trovavano tutti, e Luca mi lasciò la mano per raggiungere qualcuno che gli sorrideva, mi guardai intorno e avvertii la testa girare appena. C'erano due donne davanti a me ed erano entrambe incinte. Rimasi a fissarle finché qualcuno non mi toccò una spalla. Era Anna. Sorrideva e mi parlava in modo cordiale di quanto mi trovasse in splendida forma fisica. Io le guardai subito la pancia.

«Ti senti bene, Aurora?» mi domandò cercando i miei occhi.

Annuii e la baciai come se fossimo vecchie amiche,

ignorando il fatto che stavamo parlando già da qualche minuto.

Avvertii tutto il suo imbarazzo evaporare dal suo corpo al mio.

Fu Luca a salvarmi. Mi porse un bicchiere di prosecco e restò fermo tra noi due come se avesse bisogno di sapere cosa avessimo di tanto interessante da dirci.

«Com'è andata a Mosca?» domandai, mentre gli occhi di Anna diventavano enormi.

«Mosca?» balbettò lei.

«Lei non era a Mosca.»

Se avessi dovuto descrivere il tono della voce di mio marito, avrei detto «stufo».

«Ah, non avevo capito...»

Luca sospirò, lanciando un'occhiata al soffitto, mentre Anna si prodigava nel ribadire che il contrattempo in aeroporto doveva essere stata una bella fregatura e che, se l'avessero saputo prima, avrebbero potuto godersi di più la città organizzandosi una bella visita guidata, magari con una guida.

La osservavo, sperando di capire se mi trovassi davanti una brava attrice, ma non avrei potuto giurarci. Forse il suo imbarazzo era solo dovuto al mio atteggiamento, forse lei amava un altro uomo e non era nemmeno incinta.

Dopo che il nostro inutile terzetto si sciolse, andai a sedermi sul divano in attesa che il tempo scorresse e arrivasse in fretta l'ora di rientrare. Il campanello suonò e la padrona di casa si materializzò alla porta, pronta ad accogliere anche l'ultima coppia invitata.

Li aiutò a togliersi i soprabiti e, appena centrarono il cono di luce che proiettava il lampadario della sala, la vidi. Portava un abito corto di lana e sembrava aver ingoiato un cocomero intero. Non feci in tempo a realizzare che in quei pochi metri quadrati l'indice di fertilità stava per toccare il suo apice, che le altre due donne gravide la raggiunsero. Erano così ingombranti che non potevo guardarle tutte insieme e se, dalla mia posizione, le avessi dovute fotografare, mi sarei dovuta sdraiare per terra. Ma non riuscivo comunque a distogliere lo sguardo da loro.

Poi, accadde la cosa più prevedibile. Le tre donne e le loro pance cercarono un posto comodo su cui sedersi, il divano. Buttai giù il contenuto del mio bicchiere come dovessi alzarmi per andare a prenderne un altro, ma non lo feci. Restai lì. Cercai di controllare la tentazione di guardarle, ma non avevo nessun potere di silenziare le loro voci. Per lo più ridevano. Una avrebbe partorito dopo un paio di mesi e non aveva paura. L'altra era terrorizzata, ma sapeva tutto sull'epidurale e sulla donazione del midollo. La terza aveva più tempo e le ascoltava con un'espressione incantata. Parlavano di lettini, di latte artificiale e tagli cesarei esattamente come facevo io quando spiegavo ai miei studenti le equazioni di secondo grado.

Erano precise come se dovessero illustrare il tutto a un analfabeta e non stessero parlando tra di loro.

Fu come se mi mancasse l'aria. Mi alzai di scatto. Le tre donne mi guardarono preoccupate, ma poi si allargarono sul divano. Io mi precipitai in cucina alla ricerca di qualcosa da bere. Non mi accorsi di avere Luca alle spalle. Afferrai il collo di una bottiglia di vino e lo versai nel mio bicchiere. Mio marito me la sfilò dalle mani prima che io esagerassi. Una delle tre donne gravide comparve tra noi.

«Mi passi l'acqua gassata?» mi chiese indicandola dietro alle mie spalle.

La sorseggiò davanti a me e, per un attimo, temetti che decidesse di digerirmi in faccia.

«Sante bolle! Sono l'unico rimedio all'acidità», disse prima di svanire tenendo vistosamente le mani sui fianchi.

«Dicono che le donne incinte diventino sceme», esclamai guardando Luca.

Lui aggrottò la fronte e inclinò la testa mentre la mia mente visualizzò un pensiero crudele: solo un bambino avrebbe salvato il nostro amore. Solo un figlio avrebbe tenuto Anna, Raffaele, le mie insicurezze, la paura di assomigliare a mio padre o di fare la fine di mia madre lontani. Cercai la forza per non concretizzare i miei pensieri e mi limitai a commentare: «Il pane è l'unico rimedio all'acidità!»

Non lo esplicitò, ma mio marito sembrò afferrare al volo il mio stato d'animo e mi attirò tra le sue braccia. Mi strinse con forza.

«Riusciamo a squagliarcela?» gli chiesi e poco dopo mi ritrovai per la strada con la mano nella tasca del suo cappotto. Camminammo sul marciapiede verso la macchina. Durante il tragitto che ci riportò a casa, non scambiammo nemmeno una parola. Ascoltai il chiasso della strada mescolarsi alla musica che ci regalava l'autoradio, il rumore della chiave che faceva scattare la serratura, i nostri vestiti trovare posto sulla sedia in camera da letto, l'acqua scorrere nel lavandino mentre ci lavavamo i denti e lo sciacquone che ripuliva tutto. Suoni, rumori, musiche. Un'ambulanza lontana e i nostri vicini che guardavano la televisione a volume troppo alto. Le campane che battevano l'ora della sera e il fruscio delle lenzuola che ricoprivano i nostri corpi. Il clic della luce che si spegneva per lasciare spazio al buio, ma nessun chiarimento sul perché avessi chiesto ad Anna se fosse stata a Mosca con mio marito e nessun tentativo di allargare la famiglia.

Pensai a noi. Luca, per quanto avesse dieci anni in più di me, avrebbe potuto diventare padre anche tra altri dieci anni, mentre io, come mi aveva ricordato la mia ginecologa, ero già precipitata sotto la soglia del venticinque per cento e ogni mese avvertivo il mio orologio biologico battere l'ora come una pendola antica. Rumorosa.

Se non riceviamo un messaggio, non vuol dire che non sia stato inviato. A volte, dipende solo dal fatto che non sappiamo ascoltare.

Un giorno mi ritrovai in centro città. Un temporale scoppiò così improvviso da farmi cercare riparo sotto i portici della strada principale. Passeggiai fino alla vetrina di un negozio di abbigliamento per bambini. D'istinto, appoggiai la mano alla maniglia ed entrai. Rimasi a pochi passi dal bancone a guardarmi intorno, finché una ragazza sbucò dal retro. Stava masticando qualcosa e si scusò. Io scrollai la testa.

«Faccia con calma, non ho fretta.»

Lei si pulì gli angoli della bocca e afferrò una salvietta.

«Non tocco mai la merce con le mani sporche», mi disse come se fosse necessario specificarlo. «Come posso aiutarla?» mi chiese.

Mi smarrii in mezzo a quella *merce* così inutile per me e fu talmente tanto evidente che lei si affrettò a dire: «Mi sa che è troppo presto per orientarsi su un colore preciso, vero?»

«Cosa?» risposi e d'istinto mi toccai la pancia come se la volessi proteggere.

«Ci sono delle tutine color crema che sono un amore, oppure questo punto di verde...»

Mi ritrovai a osservare animaletti, pizzi e bavaglini.

«Dovrebbe nascere in primavera più o meno? Questo peso è perfetto. Ne ho venduti tantissimi.»

«Sono bellissimi», l'assecondai.

«Aspetti, le mostro un'altra cosa.»

Sparì e ricomparve con le mani occupate.

«Guardi questa copertina: possiamo anche farci ricamare il nome – quando lo avrete deciso, ovviamente – e poi questi pagliaccetti di solito fanno impazzire le nonne.»

Mi avvicinai e sfiorai i tessuti con le dita. Cercai di memorizzarne la morbidezza, quella consistenza inafferrabile che possiedono solo i fiocchi di cotone.

Quando uscii da lì, la pioggia era ormai cessata e il cielo era tornato azzurro. Avvertii l'aria fresca lambirmi il viso mentre mi dirigevo decisa verso il parcheggio.

Quando Luca rientrò a casa, ero in cucina.

«È quasi pronto», gli dissi senza nemmeno voltarmi.

«Ho trovato questi vicino al cassonetto della spazzatura. È tutta roba nuova, hanno ancora il cartellino attaccato.»

Mi voltai per appoggiare la padella sul poggiapentola e lo guardai lì, immobile, con le braccia leggermente piegate quasi volesse avvicinare i due grossi sacchetti perché io vedessi quello che contenevano.

«Li avranno persi?» azzardai come se la cosa non mi riguardasse.

«Se avessi acquistato tutti questi vestitini...»

Si fermò di colpo. Non proseguì. Non aggiunse «per mio figlio». Non ci riuscì.

«Sembrano cose molto belle», mormorai.

«Di grande qualità. Deve avere buon gusto quella signora», mi rispose fissandomi negli occhi.

«Non può averli comprati un uomo?»

«No, Aurora. Non può, ma non chiedermi il perché. Domani li porto in chiesa. Lì potranno svolgere la loro funzione migliore.»

Sparì e poi ritornò in cucina.

Si sedette davanti a me.

«Cos'hai fatto oggi pomeriggio?» mi chiese.

«Un po' di shopping.»

«Cose belle?»

«Di gran gusto!» risposi.

«Ne sono certo, tesoro. È tipico tuo...»

Trascorsero alcuni mesi. Non accadde nulla. Nulla di quello che desideravo. Luca, in realtà, sembrava aver smesso di pensarci, come se quel giorno, molto tempo prima, quando mi aveva ufficialmente chiesto di allargare la famiglia, avesse solo passato la palla a me.

«Forse dovremmo fare qualcosa?» provai a dire una sera a cena.

«A cosa ti riferisci?»

«All'avere un bambino...»

Luca strizzò gli occhi e alzò le spalle.

«Perché fai così?» chiesi.

«Perché per avere un bambino non ci sono molte cose da fare, solo vorrei evitare che diventasse una specie di doppio lavoro. Vedi, prendo e do ordini tutto il giorno, tornare a casa per obbedire a mia moglie che si infila tra le lenzuola gridando 'Adesso!' come se dovessi assaltare una carovana non è quello che voglio dalla vita.»

Il suo semplificare mi innervosì. Era come se in poche parole avesse liquidato i miei pensieri, le ansie, i soldi spesi per gli stick e forse l'idea stessa. Ecco qual era il punto di eterna discussione. Lui, l'uomo, desiderava qualcosa che però non poteva avere allungando semplicemente una mano o ordinandolo su internet. Io, la donna, dovevo escogitare una soluzione per accontentarlo, sobbarcarmi la fatica e soprattutto smaltire in fretta il senso di colpa per non essere riuscita ad accontentarlo.

«Allora il nostro 'fare' non fa abbastanza!» sputai, sperando di ferirlo, di intaccare proprio la crepa che ogni uomo si cura di tenere nascosta, quella che riguarda la sua virilità.

Luca, come al solito, non perse la calma. Attese qualche minuto che le mie parole si sedimentassero come fa la polvere in sospensione.

«Va bene. Ricominciamo. Mi vuoi spiegare meglio cosa intendi?» mi domandò senza lasciarsi tradire dal nervosismo.

«Molte coppie si affidano alla procreazione assistita...»

Sgranò gli occhi come se gli avessi detto di trasferirci in Asia senza nessun preavviso e incrociò le braccia.

«Guarda che voi uomini non dovete fare granché. Le punture, gli ormoni e tutto il resto spettano sempre alle donne.»

«Appunto.»

«Appunto cosa?»

«Prima che tu ti sottoponga a qualsiasi tipo di terapia, vorrei saperne di più.»

Mi rispose fissandomi in volto mentre si alzava con il piatto in mano. Lo aveva fatto di nuovo. Nonostante avesse voluto strozzarmi, era riuscito a non allontanarmi dal centro dell'obiettivo. Mi teneva a fuoco.

«Un mio collega e sua moglie l'hanno fatto», aggiunse mentre faceva scorrere l'acqua sulle stoviglie nel lavandino.

«Ecco, vedi, magari ne sai più di me!»

«Ci hanno provato per tre volte.»

«E?»

«E ora aspettano un bambino che nascerà tra qualche mese.»

«Fantastico. Allora funziona...»

Luca si voltò e mi guardò.

Si asciugò le mani nello strofinaccio e mi passò davanti per andare in camera.

Osservai mio marito lasciare la stanza non solo nel bel mezzo della più importante conversazione che avessimo avuto negli ultimi mesi, ma anche al centro di una nuova speranza che si era appena accesa.

Ero in imbarazzo e una parte di me si stava infuriando. Respirai a fondo. Avrei dovuto inseguirlo e chiedergli di smetterla di essere così ermetico e a modo suo così sincero. Avevo bisogno di afferrarlo e magari riuscire a strattonare anche solo uno dei suoi pensieri, invece mi trovavo lì a un passo dalla logica, dalla comprensione e dai conti che sembrano tornare sempre. Volevo un sì. Non per forza gridato in mezzo a una piazza con mille testimoni, mi sarei accontentata di un accordo sussurrato, o solo di qualcosa che mi indicasse la strada.

Rimasi seduta. La tavola davanti a me era ancora mezza apparecchiata dalla mia parte. Mi domandai se assomigliasse a noi: metà in attesa di essere pulita; l'altra, di essere sistemata. Possibile che fossimo sempre un accordo a quattro mani con tempi leggermente diversi?

Perché usare un cerotto quando servirebbero i punti di sutura?

Qualche minuto più tardi, raggiunsi Luca in camera.

«Lo so che tu ora stai pensando solo al fatto che al terzo tentativo loro ce l'hanno fatta e che dovrebbe essere questo l'importante, ma quello a cui invece penso io sono tutti i momenti in cui ho visto il mio collega disperato e preoccupato. Tre tentativi hanno assorbito oltre tre anni della loro vita. Lui l'ha vista ingrassare, cambiare umore, piangere senza motivo. Ha temuto che si ammalasse dopo il primo aborto. L'ha vista cadere in ginocchio e disperarsi così tanto che aveva paura a lasciarla in casa da sola.

«Dopo il secondo insuccesso, mi ha confessato di essere esausto. Certo, lui non aveva fatto altro che eiaculare in un vasetto per un paio di volte – di questo si ricordano tutti. Nessuno pensa a tutte le volte che l'ha accompagnata, né a quanto sia stato penoso stare fuori in attesa. Nessuno pensa mai alla persona che aspetta fuori. Ovvio, non sarà mai come stare dentro, ma a volte non essere seduti in prima fila significa una cosa sola: non conti abbastanza.

«Una sera lui se n'è andato di casa. Ha dormito per un mese nella pensione che si trova davanti all'ufficio. C'era una collega che lo avrebbe persino consolato volentieri, ma lui era così distrutto che solo l'idea di farsi una scopata gli dava il vomito: ormai era diventato solo un esercizio fisico e mentale di cui era stufo. E bada bene: questo non ha nulla a che fare con la fedeltà coniugale.

«Poi, è tornato a casa ed è ricominciato tutto da capo. Lei è diventata un'altra, un'altra volta, sempre più arrabbiata e sempre più triste. Dopo il terzo impianto, lui si è rifugiato addirittura in chiesa.

«Quindi, Aurora, se mi stai chiedendo se è questo che voglio per noi, la risposta è no. Se invece mi stai chiedendo di andare insieme a parlare con qualche specialista per farci dare un consiglio, lo farò, ma vorrei che fosse chiaro che la tua salute e il nostro matrimonio restano le cose più importanti.»

Rimasi a guardarlo senza accorgermi di avere già iniziato

a piangere. Ci sdraiammo vicini. Avevamo bisogno entrambi di sentirci. Intrecciammo le mani e continuammo a parlare di tutto il resto. Della scuola, del suo lavoro, del traffico che intasa la città in orari utili e di quanto dovessero essere sordi i vicini di casa per ascoltare la televisione sempre a volume così alto.

Impiegai diversi giorni a comunicare a Luca che dalle mie analisi non emergeva nulla di anomalo. Solo l'età giocava a mio sfavore, collocandomi nella curva discendente della fertilità.

«Probabilmente il problema è di suo marito...» annunciò la ginecologa.

«Mio marito?» domandai, come se fossi una ragazzina sprovveduta.

«Be', almeno il sessanta per cento della sterilità di una coppia dipende o solo dall'uomo o solo dalla donna. Soltanto nel trenta per cento delle coppie l'infertilità è attribuibile a concause che coinvolgono entrambi.»

La dottoressa fece una pausa, mentre io mi chiedevo cosa accadesse invece al restante dieci per cento che non aveva menzionato.

«Aurora, le sue analisi sono perfette e, visto quello che mi ha raccontato della gravidanza passata, mi sento di escludere che il problema dipenda da lei.»

Chiusi gli occhi e fui sommersa da qualcosa che probabilmente solo una donna avrebbe compreso. Generazioni di femmine si erano sottoposte a qualsiasi tipo di tortura pur di procreare e a nessuna era mai venuto in mente che il problema potesse essere del proprio compagno. L'infertilità, per quanto dovesse essere accertata, era l'infamia di impotenza peggiore che si potesse rivolgere a un uomo, e io temevo l'argomento.

Le sere che seguirono la mia visita, Luca sembrava distratto. Quando mi domandò com'era andata, mi limitai a dirgli che avrei avuto i risultati delle mie analisi fantasma dopo qualche giorno, solo per prendere tempo e cambiare discorso. Lui andò oltre, spostò l'attenzione su una notizia che veniva trasmessa al telegiornale in quel momento. Io no. Io continuavo a pensare a come dirglielo.

«Io sono ok, ma tu no. Io, nonostante l'età, posso ancora procreare, ma sembra che tu invece non ci riesca. Forse basterà fare una piccola terapia e poi via...» Chiusa in bagno, mi misi a ripetere davanti allo specchio frasi simili, sperando di trovarle così rassicuranti da smettere di temerle.

Ogni tanto prendevo fiato e mi avvicinavo a lui. Gli toccavo una spalla per attirare la sua attenzione, ma poi, appena i suoi occhi agganciavano i miei, inventavo una scusa.

«Vado a buttare la spazzatura», dissi una di quelle sere.

«A quest'ora?»

«Puzza e mi dà fastidio.»

Luca mi osservò mentre mi infilavo la giacca dopo aver chiuso il sacchetto e mi dirigevo verso la porta in apnea.

In ascensore mi guardai nel riflesso del vetro. Ero lì e avrei preferito assumermi ogni responsabilità, ma non potevo farlo e mentre, poco dopo, lanciavo il sacchetto dentro al bidone, mi domandai cosa ci fosse di malato nell'idea che fosse meglio farsi bombardare dalle medicine che svelare la verità al proprio uomo.

* * *

Così, il giorno dopo, mi feci coraggio e gli dissi: «La dottoressa, la mia ginecologa, dice che dovremmo fare altri esami...»

Usai il plurale.

«Anch'io?»

Usò il singolare.

Annuii e provai a spiegare qualcosa che non sapevo.

«Io non sono in perfetta forma, ma tutto sommato non ci sono cose irrisolvibili e, appena avremo accertato che anche tu... anche tu stia bene, potremo decidere cosa fare.»

Respirai.

«In effetti non sono più un ragazzino», mi rispose strizzandomi l'occhio.

Era stato più facile del previsto, per ora.

La visita dall'andrologo era fissata alle quattro del pomeriggio.

«Non è un gran momento per prendere un permesso dal lavoro», aveva sentenziato Luca, mentre io interpretavo le sue parole come un tentativo di schermare i suoi timori.

Il medico arrivò alle nostre spalle, ci salutò cordialmente e si mise subito ad analizzare gli esiti degli esami del sangue e dello spermiogramma di Luca. Dopo averci fatto alcune domande di routine, commentò: «La prolattina è al limite e la conta spermatica è molto più bassa della media».

Fece una pausa che mi sembrò eterna, poi alzò lo sguardo e si mise una mano su un fianco.

«La visito», annunciò.

Io rimasi a fissare l'enorme vetrata davanti a me. La luce fuori iniziava ad abbassarsi e questo rendeva l'arredo della stanza sempre più nitido. Non solo l'arredo.

Il dottore infilò i guanti e tastò i testicoli di Luca come se fossero suoi.

Appoggiai la schiena alla sedia e strinsi le giacche che tenevo ancora in mano.

«Ora si volti e si appoggi al lettino. Controllo la prostata», annunciò senza nessuna teatralità, come se fosse una cosa normale, a cui noi, però, non eravamo abituati.

Mi vennero i brividi.

«Si rilassi. Riprovo», asserì e fu come se, dopo averti svegliato dall'anestesia, ti comunicassero di doverti rioperare.

Avrei voluto uscire di corsa ma, se mi fossi mossa, avrei peggiorato la situazione. Io non guardavo. Io non c'ero.

Lo schiocco dei guanti mi permise di riprendere a respirare. Attesi qualche secondo perché Luca riuscisse a ricomporsi e tornasse a sedersi. Avrei voluto allungare una mano, come avrebbe fatto una madre dopo che il suo piccolo si è fatto curare i denti, ma non era quella la situazione e non trovai il coraggio. Avevo le guance in fiamme e l'ultima cosa che desideravo era che Luca le notasse.

«Dovrà rifare lo spermiogramma fra tre mesi. Se i risultati sono confermati, potremo valutare insieme cosa fare.»

«Può spiegarsi meglio? Cosa c'è che non va?»

«La concentrazione spermatica è più bassa di quello che dovrebbe essere, ma potrebbe derivare anche da fattori momentanei, come lo stress. Comunque sia, si tratterebbe di un tipo di infertilità che può essere gestita con tecniche di procreazione assistita.»

Il coraggio arrivò o forse fu più la consapevolezza a farmi girare verso Luca mentre la parola «infertilità» sembrava diventare enorme e occupare tutto lo spazio libero presente nella stanza.

Poco dopo, uscimmo in silenzio. Pagammo la visita e ci avvicinammo all'ascensore.

«Come stai?» bisbigliai dopo che le porte si chiusero.

Un lungo sospiro mi rispose.

«È stato un po' brusco», dissi.

«È il suo mestiere. Dopo un po', immagino si sia abituato e sia diventato così diretto.»

«Forse ha ragione ed è solo stress. Ultimamente lavori tanto e forse dovremmo...»

«Ultimamente», mi interruppe, «rischio di essere licenziato. Forse parlava di questo», mi freddò, come se finalmente anche lui si fosse abituato e fosse diventato diretto, mentre l'ascensore sobbalzava al piano terra e il suo corpo si faceva largo tra le persone che attendevano la nostra uscita.

«... fare una vacanza», terminai la mia frase prima di mettermi a rincorrerlo.

Arrancavo qualche passo indietro, cercando di raggiungerlo senza scontrarmi con nessuno. Quella distanza tra noi mi sembrava familiare. Era già successo: in quel ristorante, moltissimi anni prima, quando lo avevo lasciato per andare da Raffaele. Mi fermai e lo guardai salire in auto e mettere in moto. Avvertii il cuore accelerare; la paura che mi lasciasse lì, come quella notte, mi paralizzò. Non poteva essere, non potevo continuare a chiedere perdono.

Luca non partì.

«Da quanto tempo? Perché non mi hai detto nulla?»

«Perché non c'è niente da dire per ora. La ristrutturazione è in atto. Tutti rischiamo. Forse non accadrà nulla di drammatico. Speravo che tutto si risolvesse e poi non volevo che accadesse proprio questo...»

«Cosa?»

«Che si infiltrasse dappertutto, che prendesse forma tra noi. Guardaci, ora siamo qui a parlarne perché un medico ha ipotizzato che questo possa influenzare addirittura la possibilità di avere un figlio.»

Fece una pausa. Spostò lo sguardo a sinistra, più lontano da me, e aggiunse: «L'idea di rimanere disoccupato mi sembra comunque il peggiore dei fertilizzanti».

Deglutii, perché la parola «possibilità» per un matematico significa che non sarà mai una certezza.

QUELLI che arrivarono furono giorni, poi settimane e infine mesi strani. Era come se lo stress di cui ci avevano parlato fosse diventato visibile. Non parlammo più dei risultati dei suoi esami. Fu come se avessimo cambiato interesse. Non facemmo nemmeno più l'amore.

Luca rientrava sempre tardi dal lavoro. Io gli facevo trovare la cena pronta e poi me ne restavo in silenzio. Aspettavo che la ristrutturazione della sua azienda ci desse il suo verdetto.

«Anna se n'è andata», mi disse una di quelle sere.

Non sapevo cosa dire. Era stata licenziata? Aveva trovato un altro lavoro per paura di trovarsi in mezzo a una strada?

«Sono felice per lei», risposi, «è una buona notizia sapere che c'è richiesta di profili come il suo.»

Mi morsi le labbra appena terminai la frase, ma Luca non disse nulla, come se neanche mi avesse sentita.

Poi, mi feci coraggio.

«Dovremmo ripetere lo spermiogramma...»

Usai il plurale come se continuasse a dipendere anche da me, o forse per farlo sentire più coinvolto.

«Non ti viene in mente altro da dire? Una mia amica viene licenziata e l'unica cosa che pensi è mandarmi a fare una sega in ospedale?»

Mi irrigidii. La sua reazione mi colse di sorpresa. Quella vena di volgarità, quella stizza nel sottolineare il mio essere stata inopportuna: fu come se mi volesse tagliare fuori da una fetta del suo mondo.

Potevo seguire due strade. La prima era commiserare la povera Anna e lasciare che tornasse a ridere nella mia cucina.

Scelsi la seconda.

«Non vuoi farlo?» lo attaccai.

«Non ora», mi rispose. «Non è questo. Solo che non credo che la situazione sia molto diversa. Preferirei aspettare di capire quale sarà il mio destino... il nostro...»

Mi voltai a guardarlo mentre lui si muoveva per casa come se non avesse appena detto qualcosa di preciso.

«Perché non mi dici la verità?»

Ero in piedi, avvampata da una fiammata di coraggio.

«E quale sarebbe la verità che non ti dico?»

«Che avere un figlio non è poi la tua priorità e forse non lo siamo più nemmeno noi. Se mettessi su questa cosa la stessa attenzione che pretendi da me per la tua povera amica Anna, sarebbe meglio.»

«Perché te la prendi con lei? Ho solo detto che mi dispiace che se ne vada e non c'entra niente con il mio desiderio di essere padre.»

Mi avvicinai di qualche passo.

«Non me ne frega un cazzo di Anna e, se la vuoi sapere tutta, sono felice che si sia tolta dalle palle! Io, a differenza tua, concentro le mie energie sulla nostra famiglia e sul suo futuro.»

«E io non lo faccio? Come pensi di mantenerlo, un figlio, se mi licenziano?»

«Vuoi sapere cosa penso?» gli domandai fissandolo negli

occhi mentre il cuore mi tamburellava senza nessun ordine al centro del petto.

«Penso che sia tutto un alibi. Questa storia del lavoro e le tue preoccupazioni sono un modo per non affrontare più l'argomento.»

«Stai esagerando.»

«Davvero? Da quando siamo andati dal dottore, da quando lui ti ha lanciato la ciambella di salvataggio dello stress, improvvisamente scopro che sei pieno di pensieri.»

«Quindi, io e quel medico saremmo in combutta? Se non sapessi che non l'hai ancora iniziata, penserei che la cura di ormoni ti stia dando alla testa.»

«Certo che non siete d'accordo, ma invece di parlare di infertilità, ti ha parlato di stress: se fosse stata una donna, l'avrebbe detto e basta. Voi uomini ci girate intorno, prendete tempo, sperate che accada qualcosa che vi giustifichi e alla fine fate licenziare una collega.»

Le parole mi uscirono dalle labbra senza controllo e il loro suono che rimbalzava tra le pareti della stanza me le riconsegnava una alla volta. Non feci in tempo a pentirmi che mi ritrovai da sola.

Stavo delirando? Possibile che stessi perdendo il senso della ragione? Davvero lo avevo accusato di tanto?

Corsi in camera da letto.

«Mi dispiace!» dissi sperando di essere in tempo.

Luca si voltò verso di me. Non si avvicinò, non mi abbracciò e non disse nulla.

Nel silenzio che si asciugò tra noi si fece largo solo il suono ovattato del televisore dei vicini, cosa che in qualsiasi altra situazione ci avrebbe fatto ridere.

Mio marito sospirò e iniziò a parlare.

«Scoprire di essere infertile è stato un colpo. Non voglio fare tragedie, forse è una cosa che capita a tanti e si può curare in modo semplice, ma non me lo aspettavo. Ho sempre pensato che sarei diventato padre. Non sono diverso dagli altri e sono cresciuto in una famiglia dove si doveva trovare un buon lavoro, sposarsi e poi fare figli, sperando di non morire prima che siano abbastanza grandi da potersela cavare da soli. Invece mi ritrovo qui alla soglia dei cinquant'anni a fare ragionamenti da trentenne senza potermeli permettere. Quando ci siamo conosciuti, ho pensato subito che saresti stata la persona giusta. Non mi spaventava niente. Non la malattia di tua madre, non la follia di tuo padre e tanto meno i tuoi lunghi silenzi. Poi te ne sei andata e lì ho creduto che non mi sarei mai più innamorato. Pochi giorni dopo la tua partenza, ho iniziato a chiedermi come mai la casa, invece di sembrarmi più vuota, apparisse ai miei occhi arredata solo da cose tue. Eri dappertutto.

«Una mattina decisi di cambiare abitudini. Avevo letto su un giornale che poteva essere un buon metodo per superare un dolore. Così, iniziai a farmi la doccia alla sera prima di coricarmi e non più al mattino. Comprai una teiera e dei biscotti che non avevo mai provato. Chiesi a Maria di cambiare giorno delle pulizie e per questo avrebbe sostituito le lenzuola di lunedì. Iniziai a usare le magliette, invece della solita camicia, per i momenti di svago e cambiai orario in palestra. Poi, una domenica mattina, mentre filtravo il tè, ho semplicemente acceso la radio. Era ancora sintonizzata sulla stazione che ascoltavi tu. Quel giorno, smisi di raccontarmi balle. Mi mancavi come l'aria se mi avessero rinchiuso in una scatola. È per questo che quel giorno sono corso come un cretino a riprenderti all'aeroporto perché tuo padre aveva qualcosa di più importante da fare. Mi sono detto che, se non l'avessi fatto io, non l'avrebbe fatto nessuno, ma in verità non desideravo altro. Non ho esitato un attimo.

«Con il corpo, in realtà, ci ho provato. Ho camminato

avanti e indietro nella stanza e poi ho girato intorno al parcheggio per un po' prima di decidermi a entrare. Mi sembrava di essere ancora padrone delle mie scelte. Potevo tornare indietro, ma con la testa io ero già là, davanti agli arrivi, consapevole che avrei saputo accoglierti in qualunque condizione, anche con il cuore spezzato. Sai, è difficile rivaleggiare con un morto. Non sarà mai una battaglia ad armi pari.

«Mi sono attaccato a tutto. Mi sono convinto che la tua fosse stata una bravata da ragazza cresciuta troppo in fretta, che certe esperienze le abbiamo fatte tutti, solo che tu non avevi avuto modo di sperimentarle prima. E forse la colpa era anche un po' mia: non si può imporre una vita da adulti a una ragazza di vent'anni. In quelle settimane, mentre speravo che il tempo ti curasse più velocemente di quanto potessi fare io, ti è venuta la febbre. Il medico a cui telefonai mi fece un mare di domande a cui non sapevo rispondere. Cosa avevi mangiato? Dove eri stata? Cosa avevi fatto? Io sapevo solo dell'incidente da cui sembravi essere uscita illesa e poco altro. Chiamai tuo padre e lui, nella sua leggerezza, mi consigliò di guardare cosa c'era scritto sul referto che dovevano averti rilasciato al momento della dimissione. Così ho cercato tra le tue cose. Nella tua valigia, nella tua borsa non c'era nulla. Poi, mi è bastato frugare nella tasca del tuo cappotto. L'ho trovato lì, appallottolato come si fa con le cose che non servono o di cui ci vogliamo liberare. Il nome dell'ospedale in cui ti avevano ricoverata era ben visibile. Mi persi tra le parole, alcune le dovetti cercare su un vocabolario.

«Allora fu tutto chiaro. Avevi perso un bambino. Le cause erano traumatiche e non fisiologiche, le tue condizioni erano comunque buone. Ti veniva consigliato di controllare che la temperatura non salisse e, nel caso, di farti prescrivere degli antibiotici specifici, di non avere rapporti sessuali per almeno venti giorni e non utilizzare assorbenti interni. Richiamai il medico e gli chiesi le medicine più adatte alla luce delle nuove indicazioni.»

Il silenzio tornò tra noi. Luca sembrava in carenza di ossigeno. Afferrò il bicchiere d'acqua che teneva sempre sul comodino e io lo guardai bere senza riuscire a dire niente.

«Da quel giorno», riprese, «ho sempre creduto che la cura, la vera cura, quella che ti avrebbe restituita a me, sarebbe stata avere una famiglia. Qualcosa di enorme che potesse colmare quel dolore, anche se non sono certo di averlo solo pensato come la cosa giusta per te. Lo sarebbe stato anche per me. È per questo che non ho mai insistito troppo quando, pur provandoci spesso, noi non riuscivamo a concepire. Ho sempre sospettato che il problema fosse mio, ma allo stesso tempo ho anche pensato che, nonostante tutto il tempo che era passato, avrei preferito comunque avere te che perderti perché non riuscivo a darti un figlio. Non si può rivaleggiare con un morto, soprattutto se lui è riuscito in qualcosa che per te sembra difficile da realizzare.»

«Luca...» mormorai con un filo di voce.

Se ce lo chiedessero, saremmo capaci di spiegare il nostro matrimonio?

Aspettavo una telefonata che non voleva arrivare. Luca era andato a ritirare i risultati del secondo spermiogramma e aveva voluto andarci da solo. Non lo aveva detto esplicitamente.

«Vengo anch'io», avevo proposto.

«Ma no, ci passo quando torno dall'ufficio.»

«Possiamo averli anche stamattina e io sono in ferie», avevo insistito.

«Appunto. Perché non ti prendi la giornata per rilassarti? Le vacanze sono iniziate anche per le prof. Io ci faccio un salto sulla strada del ritorno.»

Avevo desistito. Trascorsi la giornata in attesa, una delle cose meno rilassanti in assoluto. Provai a dare una pulita alla casa e mi intrattenni a chiacchierare con Maria mentre stirava. Uscii a fare due passi con la scusa della spesa. Girai per il supermercato spingendo il carrello senza un obiettivo. Quando mi trovai nella corsia dei parafarmaci, cercai i test di gravidanza. Ne afferrai uno e resistetti alla tentazione di acquistarlo, più per scaramanzia che altro. Poi chiusi gli occhi e realizzai di essere diventata come tutte le altre donne che desideravano un figlio di cui avevo letto: non pensavo ad altro.

Quando Luca rientrò a casa, appoggiò la sua borsa e mi fissò.

Non ebbi il coraggio di chiedere niente, come se non avessi aspettato tutto il giorno.

«Dovremmo prenotarci una bella vacanza, che ne dici?» mi chiese lui.

«Ne abbiamo bisogno», risposi.

Andammo a letto quella sera senza aggiungere altro ai convenevoli della cena. Maria aveva sistemato tutte le sue camicie e io avevo fatto un arrosto. Mi domandai dove avesse messo i risultati. Se li avesse strappati o accartocciati tra le mani come avevo fatto io tanti anni prima con il certificato dell'ospedale. Avrei voluto chiedere di più, ma la paura della sua risposta, della chiarezza falciante che certe percentuali portavano con sé, mi fermò. I numeri non mentono e nessuno lo poteva sapere meglio di me.

Partimmo per la Francia. Era la fine di giugno e io avevo chiuso con tutte le riunioni. Uno stacco ci avrebbe fatto bene; poi, avremmo pensato a cosa fare.

Attraversammo la Liguria e arrivammo in Costa Azzurra. Guidammo un po' e superammo anche Marsiglia.

Luca aveva affittato un piccolo appartamento a due passi dal mare in un complesso con piscina a Valras-Plage, un posto poco frequentato da italiani, così aveva detto, e infatti non sentimmo parlare la nostra lingua finché i nostri vicini di casa non presero possesso dell'abitazione accanto alla nostra.

Io e Luca ci guardammo e ne sorridemmo, consapevoli che li avremmo evitati il più possibile.

Fu lei a invitarci a cena. Lo fece mentre eravamo in giardino a stendere i costumi da bagno al tramonto.

«Andiamo a provare un ristorante sulla spiaggia. Si mangia praticamente in acqua», mi disse con un accento di chi abita più a est.

«Noi veniamo da Genova», le risposi, come se bastasse a indicarle che per mangiare quasi in acqua, per noi, a volte basta stare a casa.

«Allora venite?»

Non seppi dire di no. Guardai mio marito sperando che fosse più pronto, ma dopo un paio d'ore eravamo seduti al tavolo con due sconosciuti. Al di là di ogni aspettativa, fu una serata piacevole. Lui lavorava in banca e lei in un'azienda che produceva Amarone. Parlammo tutta la sera. Un po' di loro e un po' di noi. Lei doveva avere più o meno la mia età e lui qualche anno in più. Non avevano figli, ma non colsi nessun indizio sul perché. Non chiesi, perché avevo imparato a non farlo. Dei figli si parla, semplicemente, se ci sono.

Discutemmo di politica e dei cambiamenti climatici, di vino e di economia. Quando rientrammo, dopo esserci ripromessi di rivederci nei giorni successivi, io e Luca facemmo l'amore. Era passato tanto tempo e forse ci illudemmo che in fondo, per trovare l'equilibrio, bastasse allontanarsi da casa, bere un po' e chiacchierare con degli sconosciuti.

I giorni seguenti ci incontravamo in spiaggia. Spesso io e Francesca facevamo una passeggiata lungo la riva a chiacchierare e poi ci attardavamo a prendere un aperitivo davanti al tramonto con i nostri mariti. Era tutto così rilassante che Francesca e Andrea smisero di essere solo due sconosciuti. Scherzavamo come se avessimo ancora vent'anni. Lui raccontava delle barzellette irresistibili, di quelle che fanno ridere solo se recitate al meglio. Quelle che contengono una parte di verità e una di finzione.

«'Tesoro, ti ho comprato le pastiglie per il mal di testa!' dice lui. 'Ma, amore, io non ho mal di testa', risponde lei. 'Allora stasera facciamo l'amore!'»

Quell'occhiata che lanciò a sua moglie: fu come aver colto una stella cadente. Dovevi sapere dove guardare. Lei fece una smorfia come se si sforzasse di sembrare divertita.

Quella sera, andammo a cena così com'eravamo, con la sabbia ammucchiata tra le dita dei piedi e l'effetto dei cocktail con cui avevamo appena brindato che ci donava una leggera allegria.

A tavola, Andrea ordinò una bottiglia di vino, senza che noi opponessimo resistenza. Mangiammo dei muscoli con le mani e poi una frittura di pesce. Quando il cameriere, ritirando il Pinot bianco ormai terminato, ci chiese se ne desiderassimo un'altra bottiglia, Andrea annuì senza esitare, ma io rifiutai che mi riempisse ancora il bicchiere. Mi feci portare delle crêpe per dessert, perché avessero il potere di asciugare tutto quell'alcol, così da concedermi di portare a casa mio marito, che non aveva avuto tanto riguardo. La serata era calda e piacevole e non mi preoccupai troppo della sua sobrietà finché, quando ci alzammo dopo aver pagato il conto, Luca non cadde a terra. Aveva inciampato, o forse no. Io ero girata, qualche passo avanti. Quando mi voltai, lo vidi sdraiato con una mano appoggiata alla testa che tentava di rialzarsi. Andrea lo aiutò a rimettersi in piedi, cercando di smettere di ridere. Io mi precipitai per sapere se si fosse fatto male, ma fui rassicurata dal suo sorriso inebetito. Camminammo tutti vicini verso casa. Luca barcollava mentre io lo sorreggevo, attenta che sulla strada non ci fossero ostacoli di nessun genere. Poi, si fermò. Si sedette su una panchina e scrollò la testa. Non lo avevo mai visto così. Per un attimo temetti che dovesse vomitare, e forse sarebbe stata la cosa migliore.

«Andiamo, amico!» annunciò Andrea mettendogli un braccio dietro la schiena, dopo averlo di nuovo aiutato ad alzarsi.

L'abitazione mi sembrò lontanissima, perché impiegammo un'infinità di tempo per raggiungerla. Quando, finalmente, riuscii ad aprire la nostra porta, mi sentii sollevata.

«Ti aiuto a metterlo a letto», annunciò Andrea superandomi sulla soglia di casa, mentre ancora sorreggeva mio marito.

Lo ringraziai mentre Francesca mi lanciava uno sguardo complice e lasciava la loro porta socchiusa per facilitare il rientro di Andrea.

«Meno male che non ha battuto la testa troppo forte, altrimenti ora saremmo finiti in ospedale», mi disse uscendo dalla nostra camera da letto e avvicinandosi a me.

Non si fermò. Ridusse lo spazio tra noi e rimase così vicino che potei sentire il suo alito caldo sul volto.

Fu un attimo. Le sue mani mi afferrarono i fianchi e la sua lingua entrò nella mia bocca. Impiegai qualche secondo per realizzare quello che stava accadendo. La testa si riempì di immagini. Lo spermiogramma fallito, i giorni fertili, sua moglie nell'altro appartamento, Luca ubriaco. Forse non lo avrebbe scoperto nessuno. Forse potevo compiere un miracolo. Sarebbero bastati pochi minuti, il tempo di assumersi il rischio di distruggere tutto.

Lo spinsi via da me prima di capire di essere già illuminata dallo sguardo stupito di Francesca. La donna era lì, a un passo da noi. Aveva gli occhi fissi come se l'imbarazzo di quella situazione fosse qualcosa di eccessivo. Perché non puoi lasciare il tuo uomo mentre accompagna i vicini a casa e ritrovarlo dopo pochi minuti mentre bacia un'altra donna.

Ci fu un istante di silenzio, di assoluta incredulità.

Feci appena in tempo a guardare le sue labbra aprirsi e chiudersi senza che riuscisse a dire nulla e scappai in camera da letto. Ripresi a respirare come se fossi reduce da una maratona, sperando che nessuno tentasse di riportarmi di là per ottenere spiegazioni che non avrei saputo dare, non in quel momento. Appoggiai l'orecchio alla porta in attesa di sentire quella principale sbattere. Portai una mano alla bocca chiedendomi se avessi avuto un'allucinazione. Se fosse possibile che le cose fossero precipitate in quel modo.

Il respiro di Luca che dormiva nel buio riempiva la stanza. Cercai di calmarmi. Avevo fatto la cosa giusta e il giorno dopo l'avrei spiegato a mio marito. Poi, mi chiesi se mi avrebbe creduto e feci molta fatica a prendere sonno.

A volte si provano paure talmente nuove che è incredibile che qualcuno le comprenda.

Il mattino dopo fui svegliata dalla luce che filtrava dalle persiane e dai rumori che provenivano dalla cucina. Non feci nemmeno in tempo a capire dove mi trovavo che avvertii già il cuore pulsarmi in gola.

Mi avvicinai alla finestra. La aprii piano per cercare di carpire qualche parola o anche solo il tono delle voci provenire dall'altro appartamento, qualsiasi frase che mi indicasse cosa fare.

Fuori regnava il silenzio.

«Buongiorno, tesoro!»

La voce allegra di Luca mi diede tutte le risposte. Non sapeva e non sospettava.

La tavola era apparecchiata e il profumo di caffè avrebbe invaso tutto lo spazio intorno di lì a poco.

«Ci sono i croissant», mi disse, indicandomi un grazioso sacchetto di carta appoggiato vicino al cartone del latte che probabilmente era andato ad acquistare all'alba.

«Come stai?» gli domandai.

«Un leggero mal di testa... Erano anni che non mi prendevo una bella sbornia», ironizzò.

Scostai la sedia e lui mi afferrò una mano come se avesse letto una certa contrarietà sul mio volto.

«Mi dispiace per ieri sera. Non so cosa mi sia preso. Non sono più abituato a bere», continuò e sarebbe stato bello se fosse finita lì, ma non feci nemmeno in tempo a inquadrare cosa fosse accaduto mentre lui dormiva, quella manciata di secondi senza controllo, che qualcuno bussò alla porta. Chiusi gli occhi e in cuor mio sperai che fosse qualsiasi altra persona, ma in pochi secondi Francesca e Andrea invasero il nostro appartamento. La cortesia di Luca, che gli offrì di accomodarsi come se fossero a casa loro, mi fischiò nelle orecchie come unghie su una lavagna.

«Ti ha detto cosa è accaduto ieri sera?»

Francesca puntò direttamente a Luca.

Lui scrollò la testa, quasi cercasse di capire come mai lei fosse così infuriata per la sua scarsa capacità di reggere l'alcol. Sul suo volto poi passò qualcosa, un lampo, e si voltò verso di me come se volesse sapere di più o semplicemente aggrapparsi a qualcosa di conosciuto.

«Non è successo niente!» mi affrettai a rispondere.

Mi alzai in piedi sperando di essere ancora in tempo per attaccare.

«Niente? Tu lo chiami niente?»

«Mi volete spiegare?» intervenne mio marito.

«Il niente a cui si riferisce tua moglie riguarda il fatto che ieri sera, mentre tu dormivi, li ho beccati mentre si davano da fare proprio qui...»

Le dita di Francesca indicarono il tavolo e i croissant ancora intatti nel sacchetto.

Nell'intera palazzina era caduto il silenzio. Non sapevo cosa aspettarmi, ma compresi che creare qualcosa dal nulla non sarebbe stato poi così complicato.

«È vero?»

Gli occhi di Luca entrarono nei miei come se non ci fosse altro nella stanza.

«Pensi che lo sia?» attaccai.

«Lo sto chiedendo a te. Io dormivo.»

Avrei potuto giurare di aver sentito la sua voce tremare.

«No!» gridai.

«Bugiarda! Io vi ho visti.»

«Tu hai visto tuo marito che mi saltava addosso e sei entrata proprio mentre lo allontanavo da me. Io non ho altro da aggiungere.»

«Oh, certo. Ha fatto tutto da solo, vero? Mi ha detto tutto: tu l'hai provocato.»

«Non è vero», dissi, facendo qualche passo indietro.

Andrea sembrava non esserci. Attendeva che qualcuno gli dicesse cosa fare. La presenza di sua moglie lo annullava come criptonite.

Francesca iniziò a insultarmi. Non esisteva più niente in lei che ricordasse la ragazza educata con la quale avevo passeggiato sulla spiaggia fino al giorno prima chiacchierando come due amiche.

Non saprei ripetere tutto quello che emerse dalle sue parole. Sembrava voler spingere ogni cosa fuori da loro due, portarla in casa nostra perché fossimo noi a gestirla e ad aiutarla a risolvere il suo problema.

«Ora basta!»

La voce di mio marito la sedò.

«Io credo a mia moglie. Quella è l'uscita...»

L'espressione di Francesca cambiò esattamente come fece la mia. L'aveva detto davvero? Socchiusi gli occhi e attesi che sparissero. Mio marito sbarrò la porta dopo averli visti uscire.

Rimanemmo lì, a qualche metro di distanza.

«Mi dispiace», mormorai. «Volevo parlarti prima...»

«Prima di cosa?»

«Luca...»

«Andiamo a fare i bagagli. Questo posto non mi piace più.»

A nulla servirono i miei tentativi di fermarlo, di convincerlo a guardarmi mentre gli parlavo. Si mise a infilare tutto nella sua valigia e mi diede pochi minuti per fare lo stesso, altrimenti sarebbe partito senza di me. L'ultima volta che l'avevo visto così era stato quando gli avevo comunicato la mia intenzione di tornare in Inghilterra. Mi domandai se nella vita di un uomo ci fosse spazio per due strappi della stessa lacerazione.

Mi piazzai davanti alla porta.

«Ho detto la verità. Io non l'ho provocato. Lui mi ha aiutata a metterti a letto e, quando siamo tornati di qua, non ho fatto in tempo a voltarmi che mi sono ritrovata la sua lingua in bocca. Quando è entrata Francesca, lo stavo respingendo. Devi credermi.»

«Spostati», mi ordinò tenendo la valigia in mano.

«No!» lo sfidai.

«Aurora, levati! È meglio.»

«Perché? Cosa vuoi fare? Farmi vedere chi comanda? Non ho intenzione di passare per la stronza traditrice.»

«Come se non l'avessi già fatto...»

«Questo non è giusto, sono trascorsi anni.»

«Le persone non cambiano.»

«No, ma crescono, maturano o semplicemente si rendono conto di quello che rischierebbero di perdere.»

«Ma non si innamorano», sentenziò lui.

«Cosa vuoi dire? Lo sai che ti amo; abbiamo la nostra vita, i nostri progetti, non è cambiato niente da ieri.»

«Pensaci: se lei non vi avesse fermati, magari ora saresti rimasta incinta e magari io me la sarei anche bevuta.»

Abbandonai le braccia come se non avessero più consistenza. Luca mi passò accanto senza che io potessi fermarlo. Avvertivo il suo corpo allontanarsi, con la certezza che non si sarebbe voltato verso di me. Non avevo capito niente del suo dolore, ma soprattutto non avevo idea di come curarlo.

Durante il viaggio non ci rivolgemmo la parola. Non c'era molto traffico quel giovedì mattina. Lui guidava guardando fisso la strada a tre corsie. Raggiunse un camion e lo superò senza smettere di accelerare. Aumentò la velocità inutilmente per poi frenare di colpo quando vide la deviazione per un'area di servizio. Si fermò solo per fare benzina e andare in bagno. Appena ebbe spento il motore, notai il camion sfrecciare lungo la strada che avevamo appena lasciato.

Dopo circa sei ore eravamo già a casa, prima del dovuto e senza un pezzo di noi.

«Possiamo parlare?» insistetti una volta a letto.

«Non c'è altro da dire. So che non è successo nulla.»

«Non è questo.»

«E allora cosa vuoi? La mia benedizione?»

«Voglio che tu mi creda davvero. Io non ho provocato nessuno, ma soprattutto non lo farei mai.»

«Perché no? Guarda che non ti biasimerei. Sei ancora giovane, ma non hai tutto questo tempo e ti ritrovi qui con uno che non riesce nemmeno a darti quello che vuoi. È un peccato che quel ragazzo sia morto, vero?»

Mi vennero i brividi pensando che Raffaele sembrava non volere uscire da quella stanza.

«La sua morte ti ha rispedita da me, nient'altro...»

«Siamo ancora lì? Ogni pretesto è buono per tornare a

quello che è successo tanti anni fa? Cosa vuoi sentirti dire? Che non avrei dovuto? Che mi dispiace averti tradito? Che in fondo non lo amavo veramente? Non posso farlo, perché non lo so. Quello che so è che sono ancora qui, che qualcosa o qualcuno ha voluto che io uscissi viva da quell'auto e che tu venissi a curarmi. Poi siamo andati avanti con la nostra vita, o almeno così credevo io, ma forse, quando hai smesso di prenderti cura di me, hai anche smesso di guardare nella mia stessa direzione.»

«Pensi che sia facile per me? Ho passato metà del tempo a tentare di rassegnarmi all'idea che dovevo solo ringraziare la sua morte per la mia vita; ora mi ritrovo qui a pensare che l'unica volta che mi sono ubriacato come uno stronzo ho anche rischiato che qualcuno facesse quello che avrei dovuto fare io. Sono sempre quello che avanza dagli altri.»

Le sue parole mi risuonarono in testa come lo scontro di due piatti di metallo.

«Non è stata colpa mia. Non l'ho provocato e non ti ho obbligato a bere.»

«Mi sono solo lasciato andare per una volta.»

«E questo cosa significa?»

«Solo che sono stufo di fare la vedetta, di essere sempre vigile perché, se abbasso la guardia, non rischio solo di inciampare come tutti gli altri, no, io mi gioco tutto! Non è giusto, Aurora!»

«Ma non è successo niente...»

«Lo so, ma sarebbe potuta accadere qualsiasi cosa. È questo il punto. Io non so dove mirare con te. Non so cosa aspettarmi.»

«Forse è questo il vero problema, forse dovremmo smettere di metterci alla prova.»

«Cosa vuoi dire?»

«Che le cose finiscono, anche le torture...»

Il suo sguardo era fisso al soffitto. Una lacrima gli stava dividendo il volto in due.

Mi alzai dal letto e mi infilai i vestiti.

Uscii di casa. La luna era alta nel cielo. Camminai intorno al palazzo. A ogni passo andavo in apnea. Dovetti sedermi su un muretto e mi pentii di non aver mai preso il vizio di fumare. Mettere a rischio la propria salute avrebbe avuto un senso in quel momento.

Mi chiesi se quello fosse davvero l'inizio della fine. Se fosse possibile che quei vent'anni trascorsi insieme fossero arrivati al capolinea. Ripensai alla prima volta che l'avevo visto, in quella caffetteria, e a come fosse impossibile scommettere su di noi. Due persone che si correvano incontro sbagliando mira. Non avevamo fatto altro che sfiorarci come coincidenze perdute per un soffio. Pensai alla solitudine così complice del nostro matrimonio. Eravamo diventati una famiglia senza famiglia. Io avevo un padre assente che viveva sempre tanto lontano, lui un fratello troppo assorbito dalla sua vita per trasformarsi in un abbraccio. Era questa la verità? O eravamo anche altro? Due sopravvissuti al tempo e alla vita che ti attacca come un cane rabbioso?

I matematici cercano le risposte attraverso i numeri e il calcolo sperando di prevedere anche gli eventi cataclismici, i terremoti o gli attentati terroristici.
Ma esiste una sola circostanza nella quale i numeri non sono più casuali e tutto si sincronizza senza nessuna spiegazione scientifica. La preghiera.

Decisi di andare a trovare mio padre e così, una sera, mi ritrovai a cena con lui in un lussuoso ristorante milanese.

«Qual è il motivo per cui distruggi tutto?» gli domandai mentre mi serviva un calice di vino.

«Buonasera anche a te! Sono felice anch'io di rivederti dopo tutto questo tempo.»

«Non scherzare, ho bisogno di sapere.»

«Ti vuoi separare?»

Sentirlo pronunciare mi fece rabbrividire.

«Non ho detto questo, ma, visto che il mio parente più prossimo è un vero esperto, mi piacerebbe avere più informazioni a riguardo.»

«Cosa vuoi che ti dica? Qualcosa che ti consoli? La verità è che non c'è un solo perché. Possono essere molti i fattori, o forse sono proprio io quello che non va. Me l'hanno ripetuto talmente tante volte che ho iniziato a crederci.»

«Stai semplificando.»

«Ecco, forse è questo il punto. La semplicità. Due persone si incontrano, si piacciono e si amano. Dovrebbe essere così, giusto?»

«Sì...»

«Ti risulta che lo sia? E dove mettiamo le gelosie, le trasformazioni caratteriali, le attrazioni per altre persone, i cambiamenti in cui ti trascinano i figli, l'invecchiamento o anche solo la noia dell'abitudine? Queste cose non te le raccontano mai prima e così, quando inciampi in un amore, lo stai *semplicemente* sottovalutando. Tu pensi che sia una cosa facile da affrontare, ma non lo è. È lavoro e fatica, e non siamo tutti tagliati per questo. No? Non lavoriamo tutti in miniera. Alcuni preferiscono guadagnarsi da vivere correndo su una spiaggia o seduti dietro una scrivania. Per non parlare di quelli che hanno ereditato una fortuna e non alzano un dito dalla mattina alla sera. Nessuno li critica. Possiamo scegliere la vita che vogliamo, tranne il modo in cui affronteremo l'amore. O fai le cose come è riportato sul manuale, o sei sbagliato, fuori dal gioco, non vali niente.»

Fece tintinnare il suo bicchiere contro il mio, bevve un sorso di vino e poi continuò, ancora più falciante, ancora più logico.

«Vedi, Aurora, quello che non ci dicono è che le persone, o meglio quelle di cui ci innamoriamo, muoiono. Non parlo della morte fisica, attenzione. Tu conosci una persona che a un certo punto smetterà di esistere: nessuno di noi può rimanere il giovane sorridente che aveva voglia di fare l'amore in qualunque posto e che era capace di ridere anche tutta la notte fregandosene del mal di testa che avrebbe avuto il giorno dopo al lavoro. La verità è che tutti noi, però, pensiamo di essere solo dei derubati e mai dei ladri. Siamo abituati a dare la colpa agli altri senza pensare che, nel momento in cui ci viene presentata la persona di cui ci innamoreremo, dovremmo considerare che quello sarà solo l'inizio della nostra separazione, che a volte potrà essere lunghissima o durare tutto il resto della vita.»

Ero ipnotizzata. Mio padre sembrava un attore al centro

del palcoscenico che aveva atteso tutta la vita prima di poter interpretare il suo monologo.

«Non ho mai voluto far del male a tua madre e nemmeno alle altre donne che ho amato prima o dopo, solo che non sono riuscito ad allungare la nostra separazione più di così e ho sempre creduto che togliermi dai piedi fosse il modo migliore per restituire loro la vita, per permettergli di andare avanti e magari di riprovare l'ebrezza di essere ancora quelle ragazze che ridono tutta la notte. Ma so benissimo che per la maggior parte delle persone può sembrare un patetico tentativo di non assumersi responsabilità.»

Fu la prima volta, da quando ne avevo memoria, che osservavo i suoi occhi inumidirsi.

«Ora vuoi dirmi che ti succede?»

Gli sorrisi.

«Mi piacerebbe avere quel manuale di cui hai parlato, quello dell'amore semplice», gli risposi, solo perché il mio cervello sentiva il bisogno di elaborare, come una balena che riemerge per respirare.

Quella sera non presi sonno subito. Mio padre, vedendo la luce ancora accesa, entrò nella mia stanza e si sedette sul letto.

«Ho esagerato oggi?» mi domandò.

«Non ci posso credere: tu che ti metti in discussione! Dovremmo correre ai ripari, la natura starà per ribellarsi...» ironizzai.

«A volte capita. Quando pensi con tanta convinzione qualcosa, finisci per viverla come una sentenza certa.»

«Mi stupisce questo tuo atteggiamento.»

«Vedi, Aurora, quello che ti volevo dire non è che se tornassi indietro sarei certo di rifare le cose nello stesso modo, ma che avere paura della vita, avere paura di disobbedirle o di rompere quel suo ingranaggio schiacciante, non è mai la strada per la felicità.»

«Non riesco a sovrapporre tutta questa tua logica al dolore disegnato sul viso di mamma. Mi sembrano due storie così diverse, e forse lo sono. Una sera la trovai in lacrime davanti al televisore. Lei piangeva sempre quando credeva che io non la vedessi e spesso ci riusciva. Quando la rimproverai perché trovavo assurdo che si distruggesse per te, mi disse qualcosa che non avrei mai immaginato.»

«Ti avrà parlato di te e di quanto tu sia stata importante per noi.»

«No, papà, lei andò oltre. Mi parlò di te. È questo quel pezzo di storia che, se anche tu tornassi indietro, non riusciresti mai a vivere.»

«Sarebbe stato meglio se fossi morto io, vero?»

«Sei sempre così estremo...»

«Perché non lo dici? Come pensi di poter capire cosa vuoi, se non riesci nemmeno a esprimere il più semplice dei sentimenti che provi? Lo so benissimo che avresti preferito questo e che avresti barattato la mia vita con la sua, ma non mi ferisce, perché credo che sia giusto che tu la pensi così.»

Trovai la forza di annuire e così fece anche lui. Fu la prima volta che lo vidi piangere.

Prima di andarsene, mi diede un bacio. Non lo faceva da quando ero una bambina e forse era solo un modo per dirmi che facevo bene a non credere a tutto quello che aveva detto. Come sempre.

Il giorno dopo, tornai a casa di tutt'altro umore. Mi fermai ad acquistare dei fiori, come una volta, da mettere sulla tavola e un dolce.

Preparai la cena e attesi il ritorno di Luca.

Ero piena di cose da dire. Le parole di mio padre mi rimbombavano nella testa quasi mi volessero indicare la strada. Era come in matematica: spesso devi ammettere che sia vero l'esatto contrario della tua tesi per poterla dimostrare e io lo desideravo più di ogni altra cosa al mondo. Noi avremmo fatto la differenza. Noi ci saremmo salvati insieme.

«C'è un posto come responsabile di filiale a Monaco di Baviera...»

Le parole di Luca mi arrivarono stonate mentre servivo la cena.

«Un trasferimento?» balbettai.

«Forse l'unica speranza di salvare il mio posto di lavoro.»

«E di far naufragare il nostro matrimonio?»

«Guarda che non ci voglio andare da solo.»

«Davvero? Non è un modo per sfuggire a noi? 'Sapete, poi mi sono trasferito in Germania e alla fine ci siamo dovuti lasciare.'»

«Lasciare?» mi chiese lui come se non avesse mai pensato a quell'opzione.

«Io ho un lavoro qui», gli rammentai.

«Lo puoi trovare anche là.»

«Ma faccio l'insegnante.»

«Pensi che i tedeschi non abbiano bisogno di conoscere la matematica?»

«Oddio Santo! Mi sembra di parlare con mio padre. Se una cosa non va bene, la spostiamo altrove; oppure ce ne andiamo e si vedrà.»

«Ma di cosa stai parlando? Io non sono tuo padre. Non fare paragoni. Ho quasi cinquant'anni, Aurora, e questa è l'ultima occasione che mi si presenterà per fare carriera. Se non accetto, che fine pensi che farò?»

«E io? A me non ci pensi?»

«Sì, Aurora. Ci penso in continuazione, ma non so cosa dirti. Sulla mia scrivania ora c'è questa opportunità e io vorrei parlarne con mia moglie senza che questo diventi un dramma.»

«Io non mi voglio trasferire...» gli dissi.

«Non dobbiamo decidere ora.»

«E quando?»

«Ho preso un po' di tempo e due biglietti per Monaco. Andiamo a visitare la città, a farci un'idea...»

E fu come vedere l'imbarcazione allontanarsi dalla riva e non trovare la cima per trattenerla.

Ero troppo sbalordita per rispondere. Provai un'ondata di rabbia inaspettata senza un bersaglio preciso. Verso di me, lui, il suo datore di lavoro, la vita, la crisi?

I giorni successivi furono i più strani. Non sapevo come comportarmi. Non sapevo se di lì a breve sarei partita per un'altra piccola vacanza con mio marito o se avesse scelto una terra straniera perché gli sembrava più facile dirmi addio.

Cercavo di non far trapelare il mio stato d'animo e lasciavo che l'agitazione mi cogliesse solo durante la sua assenza da casa. Mi chiedevo se succedesse anche a lui, se trascorresse le sue giornate a chiedersi a quale punto fossimo arrivati o se ci vedesse già spezzati. Ci mancava forse solo la forza, la spinta necessaria a dividerci, e accettare un lavoro all'estero sembrava il modo migliore per dare la colpa a qualcos'altro da noi. Così, saremmo per sempre rimasti quella bella e invidiabile coppia che ne aveva superate tante, peccato per la distanza.

Un pomeriggio uscii di casa per andare ad acquistare qualcosa per la cena. Mi fermai in un bar chiedendomi se mettermi a pensare in un luogo diverso, dominato da una luce differente, mi avrebbe consegnato una nuova lucidità, ma non ebbi il tempo di capirlo.

Una ragazza si asciugò il viso e mi fissò.

«Aurora, come stai?»

Era la sua voce. Non la sentivo da anni, ma non potevo scordarla. Aveva rappresentato la mia paura più grande, prima di Monaco.

Anna era davanti a me. Incinta. Aveva gli occhi gonfi, i capelli lucenti e l'aria di chi sta subendo una metamorfosi di cui essere orgogliosi.

Le chiesi se potevo offrirle un caffè o qualcos'altro, ma lei rifiutò.

«Ormai non riesco a mangiare altro che cracker e biscotti secchi», mi rispose.

Le guardai la pancia, fu più forte di me, e lei la accarezzò.

«Non lo sapevo», mormorai.

«È da un po' che non mi faccio più vedere nel vecchio ufficio. È accaduto per caso e, proprio io che ho sempre temuto di rimanere da sola, ora mi ritrovo così. Sei fortunata ad avere vicino un uomo come Luca, non ce ne sono molti.»

Mi sedetti davanti a lei e cercai le parole da dire ma, come accadeva spesso in queste situazioni, l'imbarazzo e la paura di essere inopportuna mi fermarono. Così lo fu lei, inopportuna.

«Una collega mi ha detto del trasferimento di Luca. Sono felice per lui. Finalmente gliel'hanno concesso.»

Fu come essere tamponati al semaforo: il contraccolpo è inevitabile.

Ci fissammo per qualche secondo e forse lei comprese tutto. Arrossì.

«*Finalmente?*» le domandai.

«Scusa, pensavo che sapessi... Non vuol dire nulla, gliene sento parlare da quando lo conosco.»

Ecco cos'è un matrimonio. Scoprire le cose dagli altri.

«Dovrebbe partire tra un paio di giorni. Va a vedere com'è Monaco e poi decideremo...» balbettai, come se avessi appena preso consapevolezza che io sarei rimasta a casa e non c'era altro su cui discutere.

Guardai Anna come non l'avevo mai vista. Era incinta e sicuramente quel bambino non poteva essere di mio marito. Forse questo mi sarebbe dovuto bastare. Forse avrei dovuto scavare in quello che si era accumulato nel nostro punto cieco. Forse non c'era niente di perfetto in noi e non eravamo altro che due persone che avevano resistito abbastanza. Tutto qui.

Attesi che Anna si dissolvesse e poi le corsi dietro.

«La verità è che l'unica che ha la certezza di non rimanere sola per il resto della sua vita sei proprio tu.»

Mi sorrise con dolcezza e se ne andò, prima che io vedessi ancora le sue lacrime.

Ora toccava a me decidere cosa fare.

I conti, per quanto chiari, non sempre tornano.

Avrei voluto che mia madre fosse lì. Erano anni che non avvertivo così forte il desiderio di parlarle, di sfogarmi con lei. Perciò decisi finalmente di fare l'unica cosa che mi avrebbe permesso di sentirla davvero vicina.

Scesi in cantina e cercai tra gli scatoloni le sue cose. Trovai tutti i suoi quaderni, quelli che avevo portato via da casa nostra insieme a pochi altri ricordi. Li sfogliai. Annusai l'odore che si mescolava alla polvere. Era tutto così ordinato e comprensibile. Lessi una pagina alla volta e tornai indietro nel tempo. Un misto di pensieri si intrecciava nella mia testa. Mia madre che scriveva, seduta in cucina, quando io ero molto piccola, quando papà era ancora con noi.

Quello che mia madre annotava era ormai famigliare. Un linguaggio unico, inequivocabile, forse l'unico che avessi mai imparato davvero fino a quel momento, perché mia madre era andata oltre. Nonostante non fosse più viva, tra le sue pagine sembrava esserci il futuro. Rilessi tutto attentamente, dalla prima all'ultima riga, fino alla brusca interruzione.

Corsi in casa. Iniziai a girare per le stanze. Avevo bisogno di distrarmi e poi di rileggere, come se rivedessi tutto per la prima volta.

Quando Luca rientrò, la mia cattività era ancora evidente. In tutto il pomeriggio non ero riuscita a sedermi.

«Cosa succede?» mi domandò, come se fosse ovvio e mi conoscesse troppo bene.

Lo fissai. Avevo paura che, se avessi aperto la bocca, sarei stata trascinata via dai ricordi, dal dolore, dalla sua mancanza.

«Sono di mia madre», mormorai. «Avevo bisogno di qualcosa di suo. Dopo la sua morte, non mi sono mai sentita di guardarli, pensavo che mi avrebbero impedito di andare avanti.»

Dovetti fare una pausa per non esplodere in un pianto violento.

«Era un genio. Qui è quasi riuscita a presentare un algoritmo deterministico incondizionale di complessità polinomiale in grado di stabilire se un numero naturale sia un numero primo.»

Luca mi chiese di ripetere quello che avevo appena detto.

Mi alzai. Mio marito mi guardava muovermi per la stanza.

«Cosa vuol dire che è quasi riuscita a dimostrare?»

«Ho riguardato questi fogli almeno dieci volte. Li ho lasciati perdere e poi li ho ripresi con la mente sgombra. Ho cercato di contraddirla in tutti i modi, ma non ci sono riuscita. Credo che stesse per dimostrare qualcosa intorno a cui si lavorava da secoli. Qualcosa che poteva cambiare il mondo della matematica.»

«Ma non l'ha fatto...»

«Si è interrotta. È tutto così chiaro. Ogni passaggio è perfetto; è come se lei avesse intuito la formula magica e grazie a questo tutto sembra banale. Risolvibile. Guarda qua.»

Luca appoggiò lo sguardo su qualcosa che non avrebbe mai compreso senza un traduttore, ma non si mosse da lì.

«Se è tutto vero, applicando l'algoritmo a un numero intero, dovremmo poter determinare se questo è un numero primo. In quegli anni sapevamo che i test di primalità più efficienti erano probabilistici. La loro risposta era certa solo quando era 'no', cioè quando il numero era composto. Nel caso avessero restituito una risposta positiva, avrebbero indicato solo una probabilità che il numero fosse primo.»

«Ed è una cosa importante?»

«Se l'avesse pubblicato, avrebbe potuto vincere la Medaglia Fields o il Premio Wolf.»

«Ma la dimostrazione è incompleta.»

«Sì, ma l'intuizione è geniale.»

«E non puoi completarla tu adesso?»

«È stata dimostrata nel 2002 da due matematici indiani. Dieci anni dopo l'intuizione di mia mamma...»

«Tesoro, io non ti seguo. Ma se era così vicina alla soluzione, cosa l'ha fermata?»

Gli allungai la carta che tenevo in mano, quella in cui i segni scritti da mia madre si annacquavano nelle lacrime.

«Mio padre...»

Il giorno dopo, andai al cimitero da mia madre. Volevo che sapesse che avevo scoperto il suo segreto e una parte di me sperava che, seduta a fissare la sua immagine, la più sorridente che avessi trovato, accadesse qualcosa, che tutto questo avesse un significato.

E così fu.

Lui era lì. Il suo fisico tarchiato e la calvizie avanzata.

Lo affiancai e lui, senza guardarmi, mi strinse la mano.

«Quella foto gliel'ho scattata mentre era con te», gli dissi.

«Non me la ricordavo», mi rispose sincero.

«Io sì.»

«Conosco un posto carino qui vicino», mi disse e io, dopo aver mandato un bacio a mia madre, lo seguii. La immaginai mentre ci fissava camminare vicini.

«Come stai?» gli domandai.

«Abbastanza bene. Ho una compagna da qualche anno.»

«Vieni qua spesso...»

Non era una domanda. Lo sapevo.

Lui sospirò e guardò fuori dalla vetrata.

«È stato un po' come non poter vedere la fine di un film:

non riesci a smettere di chiederti come sarebbe andata. Se ami il cinema, ovviamente.»

Mi vennero i brividi.

«L'hai perdonata?»

Aveva gli occhi lucidi e dovette aspettare per rispondere.

«Potrei non averlo fatto? All'inizio pensai che tutte quelle analisi e quel suo stato di stanchezza nascondessero qualcosa di grandioso e che magari fosse incinta, poi, quando mi chiese di uscire dalla sua vita, ero così arrabbiato da pensare che fosse colpa di tuo padre. Credetti che fosse tornato, e per me competere con lui sarebbe stato impossibile. La verità l'ho saputa molto tempo dopo. L'ha fatto per evitarmi quel dolore. Avrebbe mandato via anche te, se avesse potuto.»

Socchiusi gli occhi e fui io a dover aspettare che l'onda di emozioni mi abbandonasse.

Giulio mi afferrò una mano sul tavolo.

«Sei stato una delle cose più belle della sua vita, ne sono certa», sussurrai.

«Anche lei lo è stata della mia. Non ho mai incontrato un cecchino così capace.»

«Un cecchino?» gli chiesi, stupita per quella definizione così insolita.

«La chiamavo così perché era l'unica ad aver capito che, guardando il mondo sempre attraverso un mirino, si può solo calcolare male la distanza.»

Era vero, Dio se era vero!

«Nessuno ha saputo capirla come hai fatto tu.»

Rimanemmo in silenzio per un po', ognuno impegnato a rimettere a posto quella mancanza.

«E tu e Luca come state? Quanti anni sono ormai?»

«Praticamente una vita...»

«Siete stati bravi e, come direbbe tua madre, avete rispettato l'importantissima legge della simmetria. La distanza tra

A e B è la stessa tra B e A, ricordo bene? È questo il vero segreto dell'amore.»

Mi venne da ridere.

«Non è una legge. È solo una proprietà, anzi, per essere precisi è una condizione necessaria perché la distanza sia calcolabile.»

«'Calcolabile'! Questa parola le piaceva da matti! Diceva che poteva spiegare qualcosa di paradossale. Che due punti distanti possono essere anche molto vicini: non è forse vero?»

«Certo che tu la stavi proprio a sentire, mia madre! Ma nella vita non è tutto così semplice.»

«Non deve esserlo. In fondo siete ancora insieme, qualcosa vorrà pur dire.»

«E se fosse solo perché non abbiamo trovato di meglio? Questo, la matematica, non lo può spiegare.»

«Ah, se tua madre fosse qui storcerebbe il naso! Esiste una formula anche per questo e si chiama romanticismo. Guarda che un po' non guasta, sai?»

«Romanticismo? Dopo tutti questi anni?»

Scrollai la testa e gli sorrisi un po' imbarazzata.

«La vuoi sapere la cosa più romantica che ho fatto in vita mia?» mi domandò riducendo lo spazio che ci separava sopra al tavolo.

«Certo. Qual è stata?» gli chiesi, preparandomi ad ascoltare la descrizione di qualche folle peripezia.

«Essere me stesso», mi rispose, riuscendo a spiazzarmi, come sempre.

Era ancora lui, l'uomo che mi aveva stupita in cucina molti anni prima. L'unico che sapesse trovare la nobiltà delle cose più semplici.

«La bellezza di un amore non è né all'inizio né alla fine, è nel mentre.»

Lo fissai e per un attimo tornai là, seduta alla vecchia tavola ad aspettare la colazione e, come per incanto, riprovai ancora una volta quella muta gioia di non sentirmi sola.

Poco dopo, la cameriera appoggiò un vassoio carico di pancake fumanti e ogni tipo di condimento.

Sorrisi e Giulio annuì alzando vistosamente le spalle.

«Mi scusi, avete della marmellata di corbezzolo?» domandò.

La donna guardò il soffitto come se dovesse fare l'inventario di quello che si trovava nella dispensa e andò a prenderla.

«Era la preferita di mamma, l'avevo dimenticato!» esclamai come se avessi appena visto sorgere l'alba.

«Io ne mangio un po' tutti giorni. Mi aiuta pensare a lei: è una specie di proprietà transitiva del ricordo», mi rispose.

Le nuvole che oscurano il sole ti fanno pensare che sarebbe meglio uscire dall'acqua e asciugarti, ma poi, tutto a un tratto, ritorna il caldo e di quelle nuvole non ti ricorderai più.

26 gennaio 2018

SE prendi un oggetto e lo lanci per terra, si romperà in mille pezzi. Se riprendi la scena, potrai riavvolgere il nastro per rivedere l'oggetto tornare intatto. Ovviamente questo non accade nella vita reale, perché per rompere quell'oggetto hai utilizzato energia: parte di questa energia andrà dispersa proprio mentre l'oggetto si frantuma e questo garantisce che mai si potrà tornare indietro. Si chiama legge dell'entropia. Secondo questa legge, il disordine in un sistema isolato – come un matrimonio – tende ad aumentare con il tempo in modo spontaneo e irreversibile. In questo senso, l'entropia può essere usata per indicare la direzione verso cui si muove il tempo.

La separazione tra ciò che è stato e ciò che sarà.

Durante il viaggio in auto verso Milano, non c'eravamo quasi rivolti la parola. Luca aveva scelto un parcheggio a pochi chilometri dall'aeroporto e aveva sbrigato tutta la burocrazia per lasciare l'auto per un paio di giorni, mentre io avevo già preso posto sulla navetta in attesa.

Mi sono seduta accanto al finestrino oscurato in quel mezzo che poco dopo si è messo in moto per portare me e Luca verso l'imbarco. Non si vedeva molto di quello che c'era fuori. Qualche luce che puntellava il paesaggio nel buio della sera. Potevo solo immaginare lo spazio che diminuiva davanti a me per aumentare alle mie spalle. Ho guardato l'uomo accanto a me. Il suo sguardo fisso, il suo profilo così familiare. Era mio marito e io lo amavo. Un amore composto da piccole parti di un grande insieme che non avrei saputo descrivere. Era il mio amico, il mio protettore, ma anche un amante intenso o un compagno che sapeva come procurare grandi dolori. Era braccia a cui tendere e gambe dietro cui nascondersi. Era lui.

Luca si è voltato di scatto verso di me appena la navetta ha frenato davanti all'aeroporto.

«Vieni?» mi ha chiesto.

Era quello il momento. Allungare la mano, salire su un aereo che mi avrebbe portata lontano, in una vita altrove, oppure lasciarlo andare perché per una volta fosse proprio lui, Luca, «il giovane sorridente che aveva voglia di fare l'amore in qualunque posto e che era capace di ridere anche tutta la notte fregandosene del mal di testa che avrebbe avuto il giorno dopo».

Ho alzato gli occhi al cielo, perché una fitta pioggia gli stava bagnando i capelli e non avrebbe risparmiato nemmeno me.

La navetta ha rimesso in moto e si è allontanata.

Le stelle sono corpi celesti simili al Sole ma più lontani. Per questo a loro è affidato solo il compito di farci sognare o esprimere desideri, non quello di nutrirci e scaldarci.
È la distanza da noi a segnare il confine tra ciò che consideriamo sogno e ciò che ci serve per vivere.

Poi, è stato un attimo. Mi stavo assopendo quando la hostess ha tirato la tendina e ha chiesto a tutti i passeggeri di tornare al proprio posto e di allacciare le cinture. Un vuoto. Mio marito ha stretto la mia mano gelata. Mi sono voltata verso di lui e l'ho guardato aprire e chiudere le palpebre, incapace di parlare, come se sapesse qualcosa che non poteva spiegare. Pochi secondi dopo, è arrivata la paura. Abbiamo perso quota. Scendevamo in modo anomalo, come se non riuscissimo a fermarci. Abbiamo udito un boato e qualcuno che ha iniziato a urlare. Il velivolo è stato scosso e si è inclinato in avanti. Alcune cappelliere si sono aperte, gli oggetti sono caduti e sono scivolati verso la cabina di pilotaggio. L'aereo è sceso ancora e il mio stomaco si è compresso sotto la cintura. Poi è risalito di colpo. Luca ha lasciato la mia mano solo quando le maschere per l'ossigeno sono calate davanti ai nostri occhi. Ho sentito l'anima saltare e la pelle tremare. Luca si è infilato la maschera e poi ha controllato che io facessi lo stesso.

Respira, respira.

Ecco cosa si prova mentre muori: osservi le labbra di chi ami mimare qualcosa che potrebbe salvare la tua vita. Luca ha allungato una mano e sono certa di averlo guardato pronunciare due parole. Ti amo.

Sono stata sollevata dal sedile mentre la cintura mi solcava le cosce e la testa di Luca rimbalzava contro il finestrino. Dalla cabina di pilotaggio provenivano rumori di allerta, come se diverse spie, forse tutte, si fossero azionate insieme. Ho sbattuto di nuovo contro il sedile quando l'aereo ha ripreso a precipitare. I bagagli continuavano a uscire dalle cappelliere e i loro urti si mescolavano alle grida di terrore di ognuno di noi. Una signora in preda al panico si è sentita male. Le sue urla disperate sembravano quelle di un neonato che viene strappato dalle braccia di sua madre.

Ho stretto anch'io la mano di mio marito e ho scostato la maschera.

«Anch'io ti amo!» ho mormorato prima di accettare che sarebbe finito tutto lì. Infine, ho iniziato a pregare.

Se il risultato può superare la somma degli addendi, allora bastano solo due persone per fare una famiglia.

Siamo atterrati, non so come, all'aeroporto di Malpensa, da dove eravamo appena partiti. L'aereo aveva subito un'avaria di cui il pilota si è accorto poco dopo il decollo e per fortuna, pur viaggiando a circa settemila piedi di altezza, ossia oltre duemila metri, ha mantenuto il sangue freddo. L'aeromobile ha puntato dritto alla pista, che è stata sgomberata dalla torre di controllo. L'impatto con l'asfalto è stato tutt'altro che morbido, però il velivolo non ha riportato danni importanti e, soprattutto, noi eravamo tutti salvi.

Non credo di essere riuscita a smettere di tremare. Non subito. Quando abbiamo visto le luci dei mezzi di soccorso e le voci dei vigili invadere il nostro spazio per aiutarci a scendere, ho sentito le mani di mio marito addosso e sono scoppiata a piangere.

Non so quanto tempo sia passato. Prima hanno portato via la signora che si era sentita male: sembrava non volersi riprendere. Poco dopo è arrivato il silenzio, come se ognuno di noi dovesse ritrovare una porzione d'aria.

«Stai bene? Sei ferita?»

Ho scrollato la testa. Forse avevo male dappertutto, ma

non me ne sarei mai accorta, e poi non importava. Luca si toccava una spalla.

«Ti sei fatto male?»

«Solo un po'.»

Ci siamo incanalati insieme agli altri passeggeri. Ognuno aveva un'espressione tutta sua sul volto. Qualcuno tremava ancora come facevo io; altri parlavano come se fossero sotto choc; altri, come Luca, cercavano di essere d'aiuto e di dare la precedenza alle donne e ai bambini.

Ci hanno portato in una stanza e ci hanno dato dell'acqua e del tè caldo. Qualcuno ha chiesto delle coperte, perché lo choc trascina sempre con sé il freddo. Guardavamo l'aereo da fuori, chiedendoci se saremmo mai potuti salire su un altro volo.

In un angolo c'era una donna. Teneva un bambino di pochi anni tra le braccia. Le ho fissato le guance. Non riusciva a smettere di piangere mentre dondolava suo figlio serrandolo stretto al petto.

Tutti hanno preso in mano il cellulare. Tutti avevano qualcuno a cui telefonare, da rassicurare, da avvertire. Tutti tranne noi, che eravamo ancora lì, senza nessun numero da comporre per sentirci insieme.

Certe cose, per quanto tu le possa raccontare, non saranno mai abbastanza reali, e per un attimo è stato come se i nostri sguardi si riunissero a fissare un solo punto.

Era accaduto davvero.

Eravamo ancora vivi.

Rinunciare a un matrimonio non è come cedere un posto sperando che te ne assegnino uno con una visuale migliore. Rinunciare a un matrimonio è cercare di spegnere un fuoco che ha ancora troppo ossigeno da bruciare.

«La signora dorme con me», ha detto mio marito, sfilandomi il documento dalle dita, quando è stato il nostro turno. L'ho guardato e, per la prima volta dopo tutti quegli anni, ho trovato qualcosa nei suoi occhi che credevo di aver perso.

Mi sono lasciata trascinare in ascensore e ho obbedito alle sue intenzioni.

«Queste ore sono un regalo», sono state le sue uniche parole. Poi, né grida né gemiti hanno mai interrotto quel silenzio che rendeva l'intreccio delle nostre mani e delle nostre caviglie qualcosa di difficile da separare.

Avrebbero potuto ucciderci, gettarci nel vuoto o tentare di affogarci, ma noi non avremmo interrotto quello che eravamo.

Avevamo bisogno di quello, di rendere reale quel momento, e lo avremmo fatto come solo due amanti portati in salvo avrebbero potuto. Poco importava che fossimo sposati da così tanto tempo da pensare di poter fare a meno l'uno dell'altra.

Anche i più grandi matematici hanno sbagliato almeno un calcolo in vita loro.

27 gennaio 2018

Aurora

La mattina dopo, io e Luca siamo usciti dalla stanza d'hotel offertaci dalla compagnia aerea, dove avevamo trascorso la notte più intima della nostra vita.

Lo sguardo di mio marito ha indugiato su di me prima che io mi infilassi la giacca.

«Cosa c'è?» gli ho domandato.

«Bella quella maglia, è diversa dal solito.»

Sapevo cosa intendeva. Non era abituato a vedermi indossare un indumento rosa con una scritta glitterata. Io gli ho sorriso, perché capire cosa vuoi non significa essere coraggiosi bensì imparare ad avere paura di cose diverse.

Fuori, sul marciapiede, il sole batteva. Una scia di auto, camion, taxi e motorini solcava la strada affollata nei due sensi.

Un taxi ci ha riportato in aeroporto e tutto è sembrato normale, finché la hostess non ci ha invitati a superare il gate di imbarco per Monaco. Mi sono bloccata a due passi da lei. Luca ha ritirato il suo documento e ha iniziato a camminare verso il finger. Quando si è girato, mi ha vista lì, immobile.

«Signora, si sente bene?» mi ha chiesto la hostess.

Non ho risposto.

Ho guardato mio marito al di là della zona franca. Ci siamo fissati. Eravamo noi due. Potevamo separarci lì, ognuno per la sua strada, oppure proseguire insieme all'estero, o ritornare entrambi a casa.

«Potevamo morire, ma il regalo non è stato solo questa notte; il regalo siamo noi, ora», ho detto in un soffio, tenendo gli occhi chiusi e lasciando che la mia mente si riempisse di possibili scenari, finché la mano calda di Luca mi ha trascinata via, verso l'uscita, fuori dall'aeroporto e ho compreso che, se immaginare non costa niente, vivere ha un peso specifico preciso e si chiama scegliere.

«Vorrei andare da mio padre», ho detto una volta fuori.

Luca non mi ha fatto domande e mi ci ha portato. Forse era normale che, dopo quanto era accaduto, io avessi solo voglia di parlare con lui, l'unico parente che mi era rimasto.

Quando sono salita nel palazzo dove si trovava il suo ufficio – sapevo che lo avrei trovato lì anche di sabato –, ho chiesto a Luca di aspettarmi nel corridoio.

«Tesoro, cosa ci fai qui?»

La sua voce era sempre la solita. Sempre un po' stupita, come se le cose che accadevano intorno non fossero mai una sua priorità.

«Ho trovato gli appunti di mamma.»

Mio padre ha alzato un sopracciglio, come se cercasse di simulare stupore. L'ho guardato con attenzione. Per la prima volta, lo vedevo davvero. Un uomo seduto dietro a una scrivania che valeva molto più di lui. Un uomo solo. E, improvvisamente, spiegargli la genialità di mia madre era diventato inutile come la trigonometria per un bambino.

«Volevo dirti che ho capito.»

«Cosa?» mi ha risposto con un bel sorriso.

«Che posso smetterla di cercare di imparare dagli errori degli altri, perché è giunto il momento di iniziare a perdonare i miei.»

«Ne sono felice.»

«Sono cresciuta pensando che nulla potesse durare, mentre mia madre, incapace di credere il contrario, moriva senza amore e mio padre fingeva di essere sempre stregato da una nuova passione. Ho pensato di assomigliarti, perché anch'io sono fuggita, anch'io ho tradito. Ho pensato che fosse tutto finito e che mai sarei riuscita a superare quella frazione di tempo che unisce due persone quando sono felici di stare insieme.

«Invece non è andata così. Io ho saputo resistere e l'ha fatto anche Luca. Lo abbiamo fatto insieme. Siamo andati oltre la data di scadenza, minuto dopo minuto. Forse il nostro matrimonio sarà pessimo, costruito sul tradimento, ma è un matrimonio. Ed è solo nostro. La felicità, quella dell'inizio, ti rende compiaciuto, ma ti toglie la fantasia. L'intimità e il perdono ti donano il tempo di scoprire tutto quello che ti saresti perso.

«Sono io quella che possiede il manuale dell'amore semplice, non tu. Ma sono anche stufa di cercare un motivo per odiarti. Tu non hai bisogno del mio rancore, perché sei proprio tu il peggior nemico di te stesso, quello che distrugge le cose che gli altri tentano di costruire. Tu sei il bambino dispettoso che corre sulla spiaggia solo per prendere a calci i castelli di sabbia che qualcuno ha appena finito di creare, mentre io sono la bambina seduta in fondo alla battigia che cerca di proteggere dall'acqua le sue formine.»

Mi sono voltata per andarmene, ma mi sono fermata sulla porta. Qualcosa mi ha colpita. Mio marito, Luca, era in piedi davanti a me. Era ancora lì, mentre tutto il resto era cambiato. Era lì come il punto fermo che ti insegnano a fissare quando stai per fare una piroetta, era lui quel riferimento, il punto esatto da cui partire.

«L'amore non è l'estate. L'amore è superare l'inverno», ho detto, sapendo che mio padre, forse, aveva già smesso di ascoltare.

Mi sono incamminata al fianco di Luca. Ho cercato la sua mano e ho intrecciato le mie dita alle sue.

Non esiste nessuna legge matematica che tuteli l'amore tra due persone. Non esiste nemmeno una sola parola che possa spiegare cos'è quel sentimento che le lega. Come si potrebbe definire? Amore? Complicità? Passione? Desiderio? Fiducia?

La verità è che certi sentimenti non possiedono nessuna equazione formulabile da mente umana, sono solo sentieri da percorrere.

«Cosa facciamo ora?» ho chiesto a Luca mentre guidava verso casa.

«Voglio rifiutare l'offerta di trasferimento», mi ha risposto.

«Sei sicuro? Posso venire con te...»

«Avevo fatto quella richiesta molti anni fa, quando te n'eri andata a Londra, perché mi sembrava difficile continuare a vivere qui. Ora, francamente, non posso pensare di abitare altrove e credo che tu abbia ragione: fuggire non ha mai senso. E poi, vorrei che nostro figlio, se arriverà, crescesse qui.»

Ho allungato una mano sulla sua.

«Cos'è quella storia dell'estate e dell'inverno?» mi ha domandato.

«Una vecchia diatriba tra me e papà, nulla di importante!»

Ho guardato l'erba argentata fuori dal finestrino, la luce che inondava un nuovo giorno e cadeva come poteva su tutto ciò che incontrava, le ombre strane degli alberi e le infinite sfumature della natura. Il cuore mi batteva forte.

È sempre difficile spiegare la bellezza.

L'intimità non riguarda solo un braccio sulle spalle, parole sussurrate o un tenero bacio da innamorati. L'intimità è un contatto tra due persone, un'intenzione comune così intensa e specifica da far impallidire qualsiasi tocco erotico.
Il resto sono solo dettagli.

Luca

Se mi avessero detto che saremmo riusciti a salvare il nostro matrimonio, mi sarei messo a ridere.

Ma se mi avessero detto che sarei anche riuscito a rinnamorarmi della stessa donna per due volte, allora vi avrei presi tutti per pazzi.

La conosco come le mie tasche e forse questa è la cosa che mi ha sempre spaventato di più. So esattamente quanto latte aggiunge nel caffè ogni mattina, qual è la temperatura dell'acqua con cui ama farsi la doccia, e che parlare di sua madre è per lei il più grande orgoglio ma anche il peggiore dei dolori. Tuttavia, quando la guardo, che sia mentre ancora dorme quando fuori albeggia o mentre è assorta nei suoi pensieri e nemmeno mi nota, non riesco a smettere di ripetermi quanto sono fortunato.

È una donna piena di cicatrici, le tiene nascoste come fanno le vittime, ma quando ti consegna la possibilità di ammirarle da vicino ti accorgi di una cosa: permettono comunque che sia il suo sorriso ciò che ricorderai di lei.

Un giorno mi ero quasi convinto che amare una persona che ti ha tradito non sarebbe stato possibile, non per sempre. Così ho provato a lasciarla andare, ma poi tornare a riprenderla mi è sembrata la sola cosa giusta da fare. Quasi un automatismo, un'appartenenza.

Ci sono momenti tra noi che non potrei spiegare. Lei rimane immobile e, quando la guardo, vedo le sue guance rigate dalle lacrime. Allora, mi avvicino. Le stringo una mano, le comunico la mia presenza. Visto da fuori, so che può sembrare tutto tranne quello che è. Un pianto buono, quello che ti provoca la soddisfazione di un ricordo che è sopravvissuto al tempo.

Siamo questo, io e Aurora, due sopravvissuti alla tormenta, e non nego che questo mi faccia sentire maledettamente bene, maledettamente eroico.

Perché una pietra focaia e un vecchio pezzo di legno non possono fare granché se tenuti lontani. Ma quando la distanza diventa quella giusta, allora preparatevi a domare un incendio.

P.S. Non ho mai portato quei vestitini in chiesa. Forse avrei dovuto, ma ho preferito nasconderli in cantina.

L'ho fatto perché una cosa difficile affrontata in due diventa semplicemente più facile, come una gara a staffetta, e così, se lei era riuscita ad acquistarli, io avrei dovuto trovare il coraggio di conservarli.

Un modo come un altro per non smettere di crederci.

Ogni tipo di relazione, non importa la sua natura, ha sempre e comunque bisogno della sua giusta distanza.